KB108382

카타르에서 보낸 편지

카타르에서 보낸 편지

발행일 2015년 12월 7일

글·그림 아나벨
펴낸이 손형국
펴낸곳 (주)북랩
편집인 선일영
편집 김향인, 서대종, 권유선, 김성신
디자인 이현수, 신혜림, 윤미리내, 임혜수
제작 박기성, 황동현, 구성우
마케팅 김회란, 박진관, 김아름
출판등록 2004. 12. 1(제2012-000051호)
주소 서울시 금천구 가산디지털 1로 168, 우림라이온스밸리 B동 B113, 114호
홈페이지 www.book.co.kr
전화번호 (02)2026-5777
팩스 (02)2026-5747

ISBN 979-11-5585-824-0 03810(종이책)
979-11-5585-825-7 05810(전자책)

이 도서의 국립중앙도서관 출판예정도서목록(CIP)은 서지정보유통지원시스템 홈페이지(http://seoji.nl.go.kr)와
국가자료공동목록시스템(http://www.nl.go.kr/kolisnet)에서 이용하실 수 있습니다.
(CIP제어번호 : CIP2015033201)

카타르에서 보낸 편지

LETTER FROM QATAR

스튜어디스 라이프 스토리

아나벨 글·그림

북랩book Lab

Letter from Singapore

모든 이야기의 시작, 싱가포르

안녕하세요.

아시아의 작은 나라, 싱가포르에서 당신께 드리는 첫 번째 편지를 시작하려고 합니다.

저는 이곳에서 호텔리어로 일하고 있습니다. '마리나 베이 샌즈'라고 들어 보셨나요? 제가 일하는 곳을 간단히 소개하자면, 마리나 베이 샌즈에 소속된 6명의 유명 셰프 중 한 분이 운영하는 '와쿠긴'이라는 레스토랑입니다. 6개의 레스토랑 중에서도 가격대가 가장 비싼 것으로 알려진 고급 레스토랑이랍니다. 일본에서 태어난 '테츠야 와쿠다' 셰프는 호주로 건너가 2~30년을 살며 호주 최고의 자리에 섰고, 이곳 싱가포르에 자신의 이름을 건 2호점 레스토랑을 오픈하게 된 것이죠. 바로 그곳이 한국관광공사에서 주최한 인턴십에 선발된 12명의 동기 중, 저 이외 2명이 함께 배정받은 와쿠긴 레스토랑입니다.

어렸을 때, 아마 중학교 3학년 때가 아닌가 싶습니다. 그때 처음으로 아르바이트라는 것을 해 보았습니다. 돈을 번다는 생각만으로 설레며 이력서를 돌렸고 서울의 어느 피자집에서 일을 시작하게 되었습니다. 그 당시, 처음 해 보는 사회생활에 항상 긴장하며 지냈었습니다. 혹시나 손님이 말을 시키면 어쩌나 하는 마음에 주방 밖을 나가려 하지 않았죠. 두 달간 주방에서 샐러드를 준비하는 일을 하며 혹시나 매니저가 홀로 나오라고 하지는 않을지 조마조마하며 지냈습니다. 그렇게 시간이 흘러 결국엔 손님을 대면하는 일을 맞게 되었어요. 음식을 서빙하는 일은 둘째치고 주문을 받는다는 것에 무척 겁을 먹었던 기억이 아직도 생생합니다. 손님과의 대화는 어떤 사람에게는 아무것도 아닌 일인데 왜 이리 겁을 먹었는지…. 그러나 이것이 추억 속 한 장면만이 아니라는 것에 마음이 아립니다. 그때나 와쿠긴 레스토랑에서나 저는 하나도 변한 게 없었습니다. 발전된 게 없다고 하는 게 더 정확한 표현일지 모르겠죠. 언어가 한국어에서 영어로 바뀌었을 뿐인데, 저의 고질병이 재발하였습니다.

와쿠긴에서 제가 주어진 업무는 음식을 서빙하고 그 음식에 대해 손님들에게 설명하는 것이었습니다. 가끔은 전화를 받아 무언가를 물어보는 손님들에게 정답을 말해 주어야 했죠.

저에게 정보를 바라고 쳐다보는 사람들에게 저는 정확한 정보를 전해 주어야 합니다. 이 한 문장에서도 알 수 있듯이, 저는 '정확한'이라는 단어에 몸을 숙이고 저자세를 취합니다. 이것은 단연 언어만의 문제는 아닙니다. '적응하는 시기'라는 뜻에는 '정보 습득'이라는 항목이 들어 있고 그 항목을 완벽하게 채우기에는 한 달이란 시간은 부족했습니다.

'아는 대로 말하면 돼.' 이것이 정답이라고 생각하는 저의 입사 동기는 당당하게 손님을 대하지만, '정확하게 검증된 정보가 아니면 안 돼.'라고 생각하는 저에게는 손님과의 대화가 항상 부담스러울 뿐이었습니다.

소심한 성격을 극복하는 방법은 아는 것! 무엇이든 도움이 될 만한 것은 그것이 저와 직접적으로 연결이 되지 않아도 일단 습득하는 것. 그것이 이곳에서 제가 극복해야 할 숙제였습니다.

짧고도 길었던 6개월의 인턴 생활이 지나고 저는 함께한 동료 중 유일하게 레스토랑으로부터 기간 연장 제의를 받았습니다. 손님을 호스트하는 일부터 서빙, 디저트 파트, 그리고 돈을 관리하는 일까지. 어느 순간 저는 만능 엔터테이너가 되어 있었습니다. 1년이 다 되어갈 무렵, 매니저가 저를 부릅니다. 우리 팀과 끝까지 함께하지 않겠냐는 제의가 들어온 것이죠. 감회가 남달랐습니다. 손님한테 "어서 오세요."라는 말도 제대로 못 하던 저에게 이런 일이 생기다니요. 너무 기쁘고 꿈만 같은 일이었습니다. 그러나 저의 입 밖으로 승낙의 말이 선뜻 나오지 않았습니다.

머리에 맴도는 저의 오래된 꿈 '승무원'.

일단 생각할 시간을 달라는 말을 하고, 저는 잠시 보류해 놓았던 꿈을 찾아 시동을 걸었습니다. 급하게 치른 카타르 승무원 면접. 대답을 해주기로 한 시일이 다가올 때쯤, 카타르 항공사로부터 합격 통보를 받았습니다. 매니저에게 저의 사정을 이야기하고 퇴사를 진행해 줄 것을 요청하였습니다. 진심으로 저의 앞길을 응원해 주던 그녀의 말을 잊을 수가 없습니다. 그때는 매니저와 직원의 관계가 아닌 언니와 동생처럼 저의 일을 기뻐해 주었습니다.

그래, 떠나자! 새로운 곳을 향해, 나의 꿈을 향해!

싱가포르에서 일을 하며 좋았던 일, 그리고 힘들었던 일이 주마등처럼 스쳐 지나갑니다.

어떻게 지나갔는지 모르게 1년이란 시간은 흘러갔습니다. 좋은 인연으로 저를 한 단계 성장하게 만들어 준 이곳을 잊지 않겠습니다.

When I was WAITING HER…

요즘 우울하다며 친구들에게 징징거리는 일이 많았습니다. 그러면서도 머릿속으로는 끊임없이 이상적인 삶을 계획하죠. 예전 불과 1년 전 이곳에서 생활하며 세상 가장 힘든 시간을 보냈다고 생각했습니다. 쉬는 시간이면 직원 식당에서 밥 먹기를 포기하고 밖에 나가 벤츠에 앉아 이 지옥에서 나를 꺼내달라고 수없이 되뇌었습니다. 1년이 지난 지금, 저는 그때의 생활을 발판 삼아 승무원이 되었고, 오늘 다시 그 자리에 돌아와 그 당시 함께했던 매니저를 직장 상사가 아닌 친구로 만나려 합니다.

누구든, 어느 직장이든 직장 상사가 친구처럼 좋고, 보고 싶고, 말이 통하는 그런 이상적인 관계를 맺고 일하는 사람이 몇이나 될까요? 저 또한 그랬습니다. 처음 직장 생활이라는 것을 하며, 실수하면 혼날 것을 걱정하였고, 무언가 항상 부당한, 혹은 예상보다 부족한 대우를 받는다고 생각했습니다. 그러면서도 너무 힘들면 망설임 없이 오피스 문을 두드리고 매니저에게 상담을 신청하였습니다. 지금 생각하면 얼굴이 붉어질 정도의 사소한 일까지 그녀의 앞에서 토해

내며 한바탕 눈물을 쏟아 내었죠. 그 오피스 안에서 만큼은 그녀는 저의 상사이기보다는 저의 상황을 누구보다 잘 아는 언니였습니다. 상사인 그녀 때문에 힘든 점도 있었지만, 그녀 덕분에 싱가포르에서의 생활을 이겨낼 수도 있었습니다.

그녀를 다시 만나기까지 1년이라는 시간이 걸렸습니다. 승무원이 되어 싱가포르를 다시 돌아왔을 때를 잊을 수 없습니다. 애증과 그리움이 동시에 폭풍처럼 밀려왔습니다. 분명 그 안에는 예전 생활에 대한 그리움이 자리 잡고 있었습니다. 다시 한 번 그곳에 가고 싶었지만, 용기가 나지 않았습니다. 아마 그때는 증오의 감정이 1% 더 크게 자리 잡았던 모양입니다.

그러나 제가 다가가지 않는다면 우리의 관계, 저와 싱가포르의 관계가 단지 과거가 될 것을 알았습니다. 아무 추억도 없이 '한때 내가 그곳에 있었었지'라며….

현재의 싱가포르에서 그녀를 다시 만나 다른 한 페이지를 만들고 싶었습니다. 이것이 제가 생각하는 인연을 유지하는 이상향이었습니다. 그녀를 만나기 전날 그곳에서 함께 일했던 친구를 만났습니다. 그 친구는 저의 계획을 이해하지 못하는 듯했습니다.

친구 "왜 만나? 굳이 먼저 연락을 해 가며, 도대체 왜?"

나 "글쎄, 나도 모르겠어. 내가 왜 그랬는지 그냥 그렇게 하고 싶었어. 그래야 할 것 같았어."

한때 친하게 지내던 친구들과도 세월이 지나면 어느새 연락이 끊기고 각자의 삶에 바빠 서로를 잊기 마련입니다. 왜 저는 옛 친구도 아닌 전 회사 매니저에게서 '이상적인 관계'를 정립하려 하는지 그 이유는 저도 진짜 모르겠습니다.

After I MET HER…

만나기로 한 장소에 도착해 시간을 확인했습니다. 12시. '띵!' 휴대전화에서 배터리가 없음을 경고하는 메시지가 뜹니다. 그리고 10분, 20분, 30분…. 그녀는 오지 않습니다.

휴대전화를 확인하니 언제 꺼졌는지 까만 화면만 보입니다. 늦을 것이라 예상했기 때문에 조바심이 나지는 않았지만, 한편으로는 그녀가 나타나지 않기를 내심 기대하였습니다.

그리고 얼마 후 멀리서 그녀의 모습이 보입니다. 아, 그녀다! 깡마른 몸, 까무잡잡한 피부, 긴 생머리. 그녀는 변한 게 전혀 없었습니다.

복잡한 감정들이 한순간 사라졌습니다. 그녀의 웃는 얼굴을 보니 잘 만났다는 생각이 들었습니다. 그렇게 우리는 마리나 베이 샌즈의 '디비(DB)'라는 레스토랑에서 재회하였습니다.

제가 싱가포르를 좋아하는 이유 중 하나는 바로, 저의 주위 사람들로 인해 저 또한 그곳에서 VIP 대우를 받는다는 것입니다. 그녀와 제가 함께 일했던 곳은 마리나 베이 샌즈의 6개 유명 셰프의 레스토랑 중 하나인 와쿠긴. 우리가 오늘 만난 곳은 그중 한 곳인 '디비'입니다. 유명 셰프 레스토랑끼리의 커뮤니티가 잘 형성되어 있어 그곳 매니저가 직접 나와 인사를 청하며 샴페인을 따라 줍니다. 그리고 주문할 필요 없이 그들은 순서대로 우리를 위해 식사를 준비해 주었습니다.

그렇게 여자들의 수다가 시작되었습니다. 1년 동안 어떤 일들이 있었는지, 저의 이야기, 그녀의 이야기, 직장 이야기, 미래 이야기, 고민 이야기….

'너무 좋다, 너무 좋다.'

무서웠던 직장 상사가 이제는 친한 언니가 되어 식사를 하며 수다를 떠니 참 좋았습니다. 그리고 신기했습니다. 그녀는 셰프도 저를 다시 만나고 싶어한다고 말해 주었습니다. 아, 셰프….

저는 지금까지 아픈 기억들만 기억하고, 좋았던 기억들을 잊고 있었나 봅니다. 그녀와의 만남으로 알게 되었습니다. 제 안에 있던 그리움은 바로 그때의 좋았던 기억들을 가리키는 것이었습니다.

당신에게도 이런 사람이 있나요? 다시 만나서 새로운 이야기를 만들고 싶은 사람.

"고마워요, Hitomi 언니. 우리 또다시 만나요."

Table of contents 이 책의 차례

PART 03

카타르에서 휴일을 알차게 보내는 방법

PART 04

진짜 여행 이야기

PART 01

여행 같은 비행 이야기

모스크바 Moscow

첫 비행의 설렘

그대여, 늦은 3월에도 눈이 쏟아지던 모스크바의 하늘이 아직도 눈에 선합니다.

승무원이라는 직업의 보너스를 처음 받던 그날!(첫 레이오버 비행)

어느 공항이든 그 나라 만의 냄새가 있습니다. 외국 사람들이 우리나라에 도착하면 마늘 냄새가 난다고 하듯 제가 느낀 모스크바에서는 담배 냄새가 났습니다. 정말이지 남녀노소 할 것 없이 모든 사람들이 담배를 피우는 듯, 어느 곳을 가든 담배 냄새로 가득합니다. 특히나 첫발을 내딛는 공항 앞은 금연 항공사에 분풀이라도 하듯 열댓 명이 나란히 서서 담배를 피워 댑니다.

그렇게 모스크바의 다소 충격적인 첫인상을 가지고 호텔로 향했습니다. 러시아의 교통 체증은 승무원들 사이에서도 유명합니다. 대략 한 시간이 조금 넘게 걸려 호텔에 도착했습니다. 호텔에서 방 열쇠를 나눠 받으며 시내 구경할 사람들이 삼삼오오 짝을 이뤄 약속을 잡습니다. 저는 부기장님과 부사무장님을 따라나서기로 하였습니다. 24시간의 체류 시간과 추운 날씨를 고려해 우리는 모스크바의 랜드마크인 붉은 광장에 가서 상크트 바실리 대성당(St. Basil's Cathedral)을 보는 것과 로컬 음식 먹는 것을 계획하였습니다.

호텔에서 승무원들을 위해 제공하는 셔틀버스를 타고 붉은광장까지 무사히 도착했습니다. 날이 저무는 시간이라 서둘러 안으로 들어가 상크트 바실리 대성당을 보았습니다. 테트리스의 배경화면으로 유명한 성당은 정말이지 알록달록 귀여웠습니다. 그리고 생각보다 크지 않았고, 오래된 건물처럼 보이지 않았습니다.

마치 놀이공원의 가짜 성을 보는 듯, 사진으로 찍으니 '음, 사진발을 잘 받는 건물이 여기에 있었네.'라는 말을 주절거릴 만큼 아름답습니다.

한 30분 정도 걸어 다녔을까요?

비행을 함께한 모로코 출신 부사무장님이 눈을 봤다며 좋아합니다. 만져 보고 밟아 보고 저는 매년, 지금까지 수없이 봐왔던 눈인데 누군가에게는 신기한 광경이라는 것이 새삼 놀라웠습니다. 그렇게 몇 분을 뛰어다니다 손에 동상 걸린 거 같다고 울부짖는 바람에 급하게 따뜻한 곳을 찾아 발걸음을 돌렸습니다.

"로컬 레스토랑이 어디 있나요?(Where is the local restaurant?)"라는 질문을 거짓말 안 하고 20명 정도에게 물어보았던 것 같습니다.

영어를 못하는 백인이라니…. 음, 'Food, Russian Food, We are hungry!'라는 초등 영어를 써도 못 알아듣는 백인이라니…. 저는 지금까지 금발이면 다 영어를 유창하게 한다고 생각했습니다. 저에게 '백인 = 미국인, 영국인, 호주인'이었나 봅니다.

문화 충격을 받은 우리는 레스토랑을 포기하고 일단 근처 백화점에 가서 몸을 녹이기로 하였습니다. 밖에는 눈이 내리지만, 역시 시즌을 앞서가는 백화점에는 분홍빛 가짜 벚나무로 봄이 오고 있음을 알렸습니다.

그렇게 백화점에서 몸을 녹인 후, 또 다른 십여 명에게 'Russian Food'를 외치다, 결국은 로컬 음식이 많은 웨스턴 레스토랑을 찾아

모스크바의 랜드마크인 붉은광장.

여행에서 빠질 수 없는 여행 동반자와의 사진 한 컷! 중간에 테디베어를 안고 서 있는 남자가 부기장님이에요. 처음 세계를 돌 때부터 저 곰 인형과 인증사진을 찍고 조카에게 항상 사진을 보내 주었다는 자상한 아저씨! 오른쪽은 두 손을 꼭 쥐고 있는 부사무장님. 이슬람교도라 스카프로 머리를 가려야 한다고 합니다. 그리고 한껏 러시아를 만끽 중인 저까지.

식사를 해결했습니다. 처음이라 마음만 앞섰던 첫 레이오버 비행.

'내가 정말 러시아에 있는 게 맞을까?'라는 되물음 끝에 식사를 함께한 승무원들에게 질문하였습니다.

나 "저기, 전 아직도 제가 러시아에 왔다는 게 안 믿겨요, 당신들처럼 오래 일하면 어느샌가 이런 생각을 안 하게 되겠죠?"

부기장님 "나는 아직도 너처럼 생각해, 우린 정말 행운아야."

맞습니다. 이런 것들이 승무원으로 목숨 내놓고 사는 우리들이 갖는 보너스겠죠.

앞으로 얼마나 많은 곳에 가서 얼마나 많은 것을 보고 느끼고 경험하게 될지…. 이제부터 진짜 시작이네요! 다양한 곳에서 좋은 경험 많이 하고 돌아오겠습니다.

다시 찾은 모스크바

모스크바로 첫 솔로 비행을 했을 때가 엊그제 같은데, 벌써 3개월 정도 지난 듯하네요. 한국이라면 벚꽃이 활짝 피었을 3월에도, 흰 눈이 곳곳에 수북이 쌓여 있던 모스크바의 거리.

다시 찾은, 6월의 마지막 날 모스크바는 따뜻했습니다.

이번 여행에서는 인터넷 검색을 통해 얻은 자료를 토대로 '트레티야코프 미술관'에서 작품 감상을 한 후, 아르바트 거리에서 식사를 하고, 해 질 녘 호텔 근처의 강변에서 사진을 찍으리라는 계획을 하고 있었습니다. 하루 코스로는 안성맞춤이죠.

그러나 비행기의 기술적 결함으로 출발 시간이 2시간 지연되는 바람에, 저의 도착 시간 또한 2시간 정도 늦춰졌습니다. 그 여파로 7시 30분에 문을 닫는 미술관 관람 계획을 아쉽게 접어야 했지요. 그래도 괜찮습니다. 아직 저에게는 두 가지 미션이 남아 있으니까요.

저희는 모스크바의 중심지에 유치한 크라운 프라자 호텔에 머뭅니다. 호텔에서는 승무원들을 위해 교통편을 제공해 준다고 하네요. 다른 승무원들은 붉은 광장을 간다고 하지만, 저는 저번 비행에서 그곳을 가본지라, 혼자 길을 나섰습니다. 기사 아저씨께서 저를 올드 아르바트 거리와 뉴 아르바트 거리가 만나는 지점에 데려다 주셨습니다.

우리나라의 인사동 느낌일 거라는 예상과 달리 올드 아르바트 거리에 딱히 전통이 느껴지지는 않았습니다. 그냥 예술 거리인 대학로의 모습과 더 닮아 있었지요. 거리에는 열 걸음 떼기도 전에 곳곳에서 많은 거리 공연가들을 만날 수 있었습니다. 특이한 것은 거리 공연의 종류가 꽤 다양했다는 사실입니다. 노래와 춤은 기본이고, 축구공으로 묘기를 부르며 관객 몰이를 하는 아이들, 요가를 하시는 할아버지, 그림을 그리시는 분들까지….

아르바트 거리를 걷다 보니 눈에 띄는 벽과 마주합니다. '빅토르 최'를 추모하기 위한 곳. 러시아에서는 비틀즈 만큼이나 유명했다고 하는데, 28살의 나이에 의문의 차 사고로 숨진 후 그를 추모하기 위해 이 벽이 만들어졌다고 합니다. 한국인 아버지와 우크라이나 어머니의 한국계 혼혈이래요. 그래서인지 그 앞에서 저 또한 숙연해지는 느낌입니다. 대단하죠? 한 명의 로커가 러시아에 미치는 영향력이라는 것이….

다시 걸음을 재촉했습니다. 배가 고파서요. 길을 걷다 발견한 빈티지한 기차의 한 칸. 한국에서도 가끔 볼 수 있는 기차를 개조하여 만든 레스토랑. 이곳에서는 특히 안에서 라이브 통기타 공연을 한다고 하여서 들어가 보았습니다.

라이브 공연은 좋았지만, 음식은, 흠…. 정체 모를 샐러드와 돼지고기 폭찹을 시켰는데 정체 모를 맛이 나서 음식에는 거의 손을 대지 않았습니다.

그래도 저의 사랑 콜라를 홀짝홀짝 마시며 음악에 취해 멍하니 앉아 있었습니다. 콜라와 음악으로 재충전을 마친 후, 다시금 아르바트 거기를 걸었습니다. 길가 한편에 유리 상자 안에 갇혀 있는 고양이 한 마리를 보았습니다.

작은 유리 상자 안에서 바들바들 몸을 떨고 있던 고양이. 파는 것 같아 보이진 않았고, 고양이 앞에 문구가 있고, 그 앞에 돈바구니 있었습니다. 몇몇 사람들이 그 바구니에 동전을 넣더군요. 도대체 무슨 문구일까요? 불쌍하니 도와달라는 것일까요? 어디가 아픈 걸까요? 사람들에게 물어보고 싶었지만, 러시아 사람들은 영어를 전혀 사용하지 않아 포기하였습니다. 안타까웠어요. 지금은 사람들의 도움으로 주인과 함께 행복하길….

다시 길을 나섭니다. 해 질 녘의 모스크바를 사진으로 담고 싶어 저녁 9시부터는 모스크바의 거리를 서성였습니다.

그렇게 조금씩 호텔 쪽으로 몸을 옮기며 해가 지기만을 기다렸죠. 5시간의 비행에 호텔에 도착하자마자 밖으로 나온 지라 몸은 점점 지치고 다리는 붓고, 그런데 해가 안 지더군요. 마지막에는 거의 포기하다시피 호텔로 돌아와야 했습니다. 그때쯤 해가 지려고 하더군요. 그 모습도 그 나름의 운치가 있더군요.

그래서 담은 몇 장의 사진들….

아르바트 거리를 빠져나와 대로변을 걸으며, 강가 위 다리에서 찍은 사진을 끝으로, 결국은 러시아는 11시가 되어도 어두워지지 않는 사실을 깨달은 후, 호텔로 돌아갔습니다. 호텔에 도착해 큰 창문의 커튼을 젖히니, 밖이 캄캄합니다.

그리고 바로 침대로 직행. 옷을 벗지도, 씻지도 못하고…. 12시간 동안 기절. 이렇게 이번 모스크바 비행 이야기를 마무리 짓습니다.

참 신기하죠? 제가 따로 떠나는 여행지였다면 전 모스크바를 다시 찾아오지 않았을 거예요. 세상에는 갈 곳, 볼 곳이 많으니 굳이 갔던 곳을 또 갈 필요는 없다고 느끼니까요. 해외여행의 기회가 그렇게 많이 오는 것도 아니고 말이죠.

그런데 벌써 석 달 사이에 모스크바를 두 번이나 오다니. 또 모르죠. 몇 번이고 더 오게 될지 말입니다. 승무원이라는 직업의 매력에 다시금 흠뻑 빠지며 편지를 마칩니다.

비행기에서 만난 한국 손님들

비행한 지 이제 막 3개월째 접어들었다. 어느 직장에서건 3개월이면 아직 병아리 축에도 못 끼는 부화 단계에 속하겠지? 이곳 카타르항공에서도 마찬가지다. 아직 첫 휴가도 가보지 못한 말인즉, 한국 허가증이 없어 한국 비행을 한 번도 해 보지 못한 신참이란 뜻이다. 이런 내가 한국인 승객에 대해 언급한다는 것 자체가 앞뒤가 안 맞는 이야기일 것이다. 그래도 5시간 뒤에 있을 아부다비 비행을 기다리며, 신참이 만난 한국인 승객 이야기를 적어야겠다.

소문에 의하면, 한국인 승무원에게 한국인 승객은 참 어려운 상대라고 한다. 같은 언어를 쓰는 사람이 몇 명 안 되는지라, 지나가면 딱 알아보고 우리에게만 필요한 것을 요구하기 때문이다. 동전의 양면처럼 같은 이유에서 외국 승무원들에게는 한국 승객들이 편안한 상대이다. 그렇지만 나는 아직 한국인 승객을 무더기로 볼 일이 없었다. 150명 되는 승객 중 가끔 한두 명 정도, 나에게는 한국인을 본다는 사실 자체가(정말이지 한국인은 옷에서부터 한국인이다) 반갑고 신기하다.

다들 처음 비행기 안으로 들어오면, 검사를 막 마친 여권과 탑승권을 손에 쥔 체 본인들의 자리를 찾는다. 그럼 나 또한 확실한 물증을 발견하게 된다. 대한민국 여권!

나	"안녕하세요."
승객	"아, 네.... 안녕하세요."

이 반응이 참 좋다. 한국인 특유의 쑥스러움, 어른, 아이 할 것 없이 한국인이 하는 '아… 네….' 이것! 그렇게 내가 원하는 리액션을 해주시는 승객께는 나만의 서비스가 시작된다.

예전에 그냥 승객의 입장에서 비행기를 탈 때를 생각해 보면, 승무원이 나를 보고 방긋 웃어 준다든지(가식적인 웃음 말고) 별것 아니더라도 말 한 번 더 걸어 주면 '아, 내가 지금 서비스 받고 있구나. 저 언니 좋다.' 이런 생각을 했었다. 대부분의 사람들이 비슷한 생각을 갖지 않을까? 특히 덤으로 뭐하나 더 주면 금상첨화이다. 특히 외국 항공사를 이용하는 한국인 승객이 같은 말을 사용하는 승무원을 만난다면, 그분들도 나를 내심 반가워하지 않으실까? 나도 한국 승객들을 보면 여행가시나? 출장가시나? 이민자이신가? 이런 여러 가지 질문이 떠오른다.

아직 호기심 가득한 신참인 나는 일단 승객 자리를 파악한 후, 언제 말 한번 걸어 볼까 기회를 엿본다.

예전에 알제리 비행에서 있었던 일이다. '한국인 중년 남성' 한 열 분 정도 타신 적이 있다. 삼성에서 주체하는 프로그램으로 가시는 분들 반, 출장으로 가시는 분들 반이었다.

우리 항공사에서 제공하는 아침 메뉴는 오믈렛이랑 치킨, 소시지, 그리고 달콤한 팬케이크이다. 무엇을 드시겠냐는 질문에 어떤 중년 남성분께서 하시는 말씀이 '한국에서 카타르 가는 비행기에서도 똑같은 거 먹었는데….'이다. 외국인들 같으면 '우리는 이 메뉴밖에 없어요.'라고 말하면 그만이겠지만, '우리 아버님들 타지로 일하러 가시는데, 밥을 드셔야 할 텐데….'

이럴 때는 한국말이 참 좋다. 주위 사람이 알아듣지 못하기 때문이다.

'손님, 저희 치킨하고 밥이 아주 조금 실렸어요. 이거 드세요.'

150개 중에 거의 3, 4개씩 실리는 밥이 운 좋게도 내 카트에 있었다.

중년 남성분들이 어찌나 고마워하는지 고마워하는 그분들이 나 또한 감사했다. 식사 다 하시고 두 분이 오셔서 뜨거운 물 반 잔만 달라고 하신다. 손에 커피믹스 3개가 들려 있다. 뜨거운 물을 딱 반만 부어야 한다는 당부에, '저도 알죠, 커피믹스 공식!'

내 것까지 챙겨 오신 그분들의 마음에 또다시 감동 감동.

몇 주 전에 갔다 온 바르셀로나 비행에서 만난 '신혼부부'도 있다.

한국인 커플이 타는 걸 몇 번 본 적이 있지만, 요즘 세상에 '커플 = 부부'라 단정 짓기가 뭐해서 괜히 젊은 처자가 커플 훼방 놓는다 하실까 말을 걸기가 좀 꺼려진다.

바르셀로나 비행에서 만난 커플은 여자분이 스페인 관광 책을 선반 위에 올려 두고 있었다. 나도 바르셀로나에 도착해 여행을 해야 하는 처지라, 저 책 한 번만 훑어봤으면 좋겠다 생각하며 커플에게 말을 걸 기회만 노리고 있었다. 그렇지만 내가 일하는 구역에 앉은 것이 아니어서 기회가 없겠다… 하는 차에 앞에서 서비스를 하는 승무원의 일이 늦어져 커플 앞에서 잠깐 정차하게 되었다.

나 "한국분이시죠? 책 보고 알았어요. 스페인으로 여행가시나 봐요? 좋겠다. 유럽 다 도시는 거예요?"

커플 "아, 네…. 아니요. 저희는 스페인만 돌아볼 거예요."

나 "며칠 가시는데요?"

커플 "16일요."

나 "와, 좋다! 16일이나…."

커플 "저희 지금 신혼여행 가는 거예요."

나 "끼야아아악, 너무 좋겠다! 부러워요. 좋은 추억 많이 만드세요."

너무 예쁜 신혼부부들은 보는 것만으로도 내가 다 흐뭇하다.

좋으면 또 뭐 챙겨 주고 싶은 마음이 자연스럽게 들기 마련, 카트에 가지고 있던 쿠키를 한 움큼 집어 들었다.

나 "여행하면서 드세요. 이거 은근 맛있어요."

서비스가 다 끝나고 주방에 들어와 뭐 또 챙겨 줄 만한 것이 없는지 두리번거린다. 술 시키는 손님한테 주는 칵테일 스낵이 눈에 띈다. 그것도 한 움큼 집어서 또 커플 자리로 가져갔다.

나 “이것도 챙기세요, 호호호.”

그분들의 신혼여행 추억에 나도 작게나마 한자리 차지하고 있겠지?

그들이 이용했던 카타르 항공의 한국인 승무원도 그대들의 결혼을 진심으로 축하해 주었다고, 특별한 서비스를 받았다고 말이다.

그리고 어제 아부다비 비행에서 만난 ‘외교관 아저씨’.

외교관분들은 여권도 남다르다. 보딩이 시작되고 손님들이 한 분, 두 분 들어온다. 손님들에게 자리를 안내해 주고 있는데 내 앞을 지나가시는 분, 한국인 외교관 여권을 가지고 있다.

나 “안녕하세요. 외교관이신가 봐요? 어느 나라 외교관이세요? 출장 가시는 거예요?”

언제나 그렇듯 빠르게 지나가는 보딩 시간 속에 더 빠른 속사포랩으로 질문을 쏟아낸다. 알제리에 계신다는 외교관 아저씨, 오호!

나 “저, 몇 달 전에 알제리 갔었어요. 거기 위험하다고 나가 보지도 못했는데 어때요? 위험해요?”

외교관 “아니요. 요즘은 괜찮아요. 예전보다는 괜찮아졌죠. 총도 많이 없고….”

(외국 생활을 하면, 특히 중동 국가에 있으면, 생각보다 총에 대한 이야기를 많이 듣게 된다. 총 없는 우리나라 좋은 나라. 총 있는 나라는 무서운 나라…. 아. 무섭다.)

나	"아, 그렇구나. 저 혼자 나가도 괜찮아요? 전에 아는 승무원이 위험하다고 해서요."
외교관	"여자 혼자는 안 되죠. 저는 제 아내랑 나갔을 때 돌을 던지는 사람도 봤어요."
나	"돌이요?"
외교관	"네, 그렇지만 괜찮아요. 총은 없어요."
나	"네, 그렇죠.... 총은 없고 돌은 있네요. 크흐으으음."

무덤덤하게 답해 주시는 외교관 아저씨가 참 인상적이었던, 5분의 대화가 끝났다.

아부다비 비행은 15분밖에 되지 않는 서비스 시간으로 뭘 더 챙겨 드릴 정신이 없다. 다행히 승객이 반밖에 차지 않은 비행기에서 어째 지상 직원이 손님을 죄다 뒤쪽에만 몰아 앉히셨는지. 덩치 큰 외국인들 사이에 끼이신 우리 외교관 아저씨를 보고, 이륙하면 앞에 빈 자리로 가서도 된다고 살짝 귀띔 해드렸다. 아저씨가 눈인사로 고마움을 표시하고 나 또한 방긋 웃어 드렸다.

승무원이라는 직업이 그렇다고들 한다. 세계 각지의 불특정 다수의 사람들의 만나는 일이라고….

아직은 부화 단계의 나도 조금씩 그 이야기에 공감해 가고 있다.

바르셀로나 Barcelona

친구와 함께한 낭만의 도시

그대여, 이번 바르셀로나 여행은 전하고 싶은 이야기도, 공유하고 싶은 사진도 참 많습니다. 그 이유는 바르셀로나에서 공부하는 친구가 저의 여행에 함께했기 때문이죠. 친구와 함께한 바르셀로나 이야기, 들려 드릴게요.

10월의 바르셀로나는 정말이지 여행자들의 천국입니다. 낮에는 걸어 다니기 딱 좋을 만큼만 덥고 그래도 지칠 때쯤 실내에 들어가면 서늘하고, 밤이 되면 하늘하늘 바람이 불어 해안가를 끊임없이 걷고 싶게 하거든요.

저는 이번 여행에서 친구랑 꼭 하고 싶은 목록이 있었습니다. 바로 바르셀로나의 해변에 가서 몸이 노릇노릇 갈색이 될 때까지 태우는 거죠.

태닝은 가을에 하는 게 제맛이지 않겠습니까? 예상대로 해변에는 사람들로 가득했습니다. 형형색색의 수영복이 화려함을 더해 주었죠. 여기 있으니깐 저도 더 과감한 수영복에 한 번 도전해 보고 싶어지더군요. 친구와 신나게 수다도 떨고 해변에서 시간 가는 줄 모르고 놀다 보니 배꼽 시계가 울립니다.

친구가 바르셀로나에 사는 현지인에게 물어본 최고의 파에야(Paella) 음식점을 알아냈다고 그곳에 데려가 줬어요. 한국 사람이 어느 김치찌개집이 진국인지 알아보듯, 현지인들이 인정한 맛집이라면 의심 없이 즐길 수 있겠죠? 유럽에서 더 특별한 사랑을 받는 홍합탕과 먹물 파에야, 포테이토 칩을 시켰어요. 잔뜩 시켜 놓고 배 터질 때까지 먹어 보자며 호기를 부렸지만, 동양 여자 두 명이 먹을 양치고는 너무 많아 포장이 되냐고 물으니 친절한 스페인 아저씨가 물론!이라고 대답해 주었습니다. 파에야는 반 정도 먹고 포장했는데, 다음 날 식은 걸 먹으니 그 맛이 더 일품이더군요.

친구도 제가 바르셀로나에 온다는 소식에 무척이나 들떠 있었습니다.

아무리 외국에서 재미있는 하루하루를 보낸다고 해도 역시, 한국 사람이 그리웠던 거겠죠. 친구는 제가 바르셀로나에 도착하자마자 호텔로 달려왔습니다.

다행히도 제가 묵고 있는 호텔이 딱 여행하기 좋은 곳에 있어서 여행 기간 동안 함께 호텔에서 지내기로 했어요. 친구의 가방을 그대가 봤다면 놀랐을 거예요. 저 친구가 저랑 여행을 마치고 다른 도시로 옮겨가는 줄 알았어요. 작은 체구에 그 큰 가방을 어떻게 짊어지고 왔는지. 대단하다!

친구 또한 저의 방문을 기대하며 많은 계획을 세웠더군요. 그중의 하나가 유람선을 타는 것이었습니다. 배에서 바라본 바르셀로나의 모습은 어떨지. 저도 기대하는 마음으로 해 질 녘 시간에 맞춰 바르셀로나 요트 선착장으로 갔습니다.

우리가 도착한 시간이 한 7시쯤 되었을까요? 선착장에 도착하니 티켓을 파는 아저씨가 마지막 배가 떠날 시간이 되었다며 우리에게 빨리 티켓을 사라고 합니다. 상대방이 급하게 다그치니, 우리도 얼떨결에 티켓을 사 버렸죠. 그런데 친구가 처음에 설명해 준 요트가 아니었어요. 그냥 보통 유람선이었죠. 나중에 보니 그 요트는 일찌감치 티켓이 다 팔려 문을 닫았더군요.

친구는 이상하다며 실망한 눈치였지만, 기왕 탄 거 바닷바람이나 실컷 느끼자며 기분 전환의 특효약 '카메라'를 꺼내 사진을 찍기 시작했습니다. 역시 카메라 앞에선 잘 웃는 우리들.

슬슬 배가 움직이기 시작합니다. 해 질 녘에 바라본 도시의 모습은 말 그대로 환상이었습니다. 너무도 아름다운 하늘과 오래된 건물들, 거기에 바닷물에 새겨진 멋스러운 그림자까지 한 폭의 그림 같았죠.

'우리는 아직 젊으니깐….'

친구와 저는 요즘 만나기만 하면 '우리는 늙었어, 아니 아직 젊어.'를 수십 번씩 이야기하곤 합니다. 젊다는 게 뭐겠습니까! 놀고, 놀고 또 놀아도 밥 먹으면 또 놀 수 있는 '체력' 아니겠어요? 자정이 넘은 시각, 금요일 밤 바르셀로나의 클럽을 접수하자며, 우린 옷을 차려입고 핫플레이스로 향했습니다.

'옵티엄(OPTIUM)'이라는 클럽이 요즘 바르셀로나에서 가장 핫! 하다는데….

친구가 게스트 리스트에 올라가 있어서 무료 입장했어요. 친구 덕에 저도 공짜로 입장할 수 있었죠. 이럴 땐 참 현지에서 생활하는 사람들의 힘을 느낄 수 있어요. 그런데 더 좋았던 건, 옵티엄의 매니저가 우리에게 샴페인을 선물한 거예요. 우린 얼떨결이라 처음엔 공짜인 것처럼 주고 나중에 돈 받는 거 아니냐며 어리둥절했지만, 'deserve it'이라고 말해 주는 매니저의 말에 안심했답니다. 아시안 사람이 많이 없어서 그런지 우리가 신기했나 봐요. 주위 사람들도 같이 사진 찍자며 다가오네요. 오랜만에 참 신나게 놀았어요.

아, 그때 생각을 하니 또 가고 싶네요. 저 아직 젊은 거 맞죠?

실은 전에도 바르셀로나에 몇 번 왔었어요. 바로 피카소 전시회 때문에 일부러 바르셀로나 비행을 신청했던 적도 있었습니다. 그런데 무슨 이유 때문인지 항상 가지 못했어요. 언제는 폐점 시간 때문에 못 가고, 언제는 휴점일이라 못 가고. 비행 스케줄이라는 게 요일까지 딱 제가 가고 싶은 그날 맞출 수 있는 게 아니라….

그래도 원하면 언젠간 다 할 수 있습니다.

보세요. 이번에 드디어 왔잖아요.

그리고 더 좋았던 건 오기 전에 현대 미술 관련 책을 읽고 온 거죠. 사람들이 피카소 보고 천재라고 하는데, 저는 개인적으로 어려운 그림을 해독해 내면서 보는 걸 별로 안 좋아합니다. 단순한 거죠. 드가의 그림을 보세요. 누가 봐도 딱, 그냥 딱! 아름답잖아요. 설명도 필요 없고, 해석도 필요 없습니다. 전 그런 그림이 좋아요. 딱! 빡! 이런 거….

그런데 책을 읽고 나서 생각이 조금 바뀌었습니다. 천재가 왜 천재인지 조금… 아주 조금 알 것 같았습니다. 친한 친구 중에 한 명이 피카소 왕 팬인데, 조금은 그 친구의 마음을 알 것 같아요. 피카소를 좋아하는 그 친구도 다르게 보이더군요.

드디어, 피카소 미술관에 들어갔습니다.

대부분 피카소의 초기 작품이 있습니다. 대작이라 할만한 작품들은 여기저기 '유명한 미술관'이 소유하고 있는 듯합니다. 그도 그럴 것이 저 이곳엔 처음이지만 다른 미술관에서 피카소의 유명한 작품을 수없이 많이 봐왔습니다.

그래도 피카소 전용관에서만 볼 수 있는 장점은, 화가의 그림 변화를 순차적으로 볼 수 있다는 점인 것 같습니다. 유년기부터 전시관 1관을 지나 2관을 넘어가면서 그림이 파격적으로 변화하는데 그 기간이 1년 단위입니다. 어쩜 피카소의 1년은 우리의 10년과도 같은 느낌이랄까요?

천재입니다, 대단하십니다, 감동입니다! 짝짝짝!

미술관에 나와 친구와 서로 감상평을 나누었습니다.

람블라스 거리에 들어서니 바르셀로나 최고의 거리라 할 만큼 사람들이 엄청나게 많습니다. 그런데 사람이 많아도 하나도 짜증 나거나 답답하지 않습니다. 그 이유가 사람보다 많은 나뭇가지 때문일까요? 아니면 높고 맑은 새파란 하늘 때문일까요?

주말의 평화로움을 느껴 보고 싶지 않으세요? 광장에서 비눗방울을 만드는 아저씨까지 저는 바르셀로나의 모든 게 좋아졌습니다.

저도 이방인이 아닌 그곳의 시민이 되고 싶어질 만큼, 바르셀로나는 너무 좋았어요.

너무 좋다는 얘기만 계속했나요? 그래도 이방인으로서 바라본 도시가 그렇더군요. 좋습니다!

아, 너무 행복했어요.
이 몇 장의 사진으로 그때의 시원한 바닷바람까지 그대에게 전할 수 있을까요?

로사네 집으로 가요

이날 저녁, 친구가 또 한번 실력 발휘를 했습니다. 스페인 친구네 집에서 하우스 파티를 하는데 저까지 데려가 준 거죠. 이런 사랑스러운 친구가 또 있을까요? Thanks Adele!

그래도 이날 저녁 식사에 저도 한몫하긴 했습니다. 저녁 식사 메뉴를 다 한식으로 준비하였죠. 제가 나름 혼자 산 세월이 있는지라, 요리를 잘하는 건 물론 플러스로 빨리하는 법도 터득했죠. 친구와 함께 소불고기, 잡채, 떡볶이, 김치볶음밥까지….

이 정도면 진수성찬이 따로 없죠?

새로운 사람을 만나는 게, 함께 한다는 게 어느 순간부터 부담처럼 느껴졌었습니다. 하지만 로사네 집에서만큼은 모든 걸 잊은 채 마음껏 웃을 수 있었어요. 역시 저는 외국인이랑 있을 때, 더 편한가 봐요. 그래도 너무 섭섭해 하지는 마세요. 지금 이 모든 이야기를 한글로 써 내려 가고 있으니 이걸 읽는 당신은 저와 같은 토종 한국인이니까요.

친구는 회사를 그만두고 그토록 사랑했던 스페인에 가서 장기 여행 겸 공부 중이랍니다.

"대단해! 친구야, 난 너의 팬이야. 난 네가 무슨 일을 하는 다 잘해낼 거란 걸 믿어. 지금은 조금 불안해도 이런 게 모여야 우릴 진정한 청춘이라 부를 수 있지 않겠어?"

이 글을 읽는 당신에게도 말하고 싶습니다. 우리 박진감 넘치게 살아요! 딱, 지금처럼 말이죠.

함께 웃고 즐기며 보낸 로사네 집에서의 추억을 잊지 못할 거예요.
맨오른쪽이 바로 접니다.

런던 비행 4시간 전

승무원들 사이에서 악명 높은 Q R001: 런던 비행을 앞두고…. 드디어 런던을 간다고 하면 일반인 분들은 좋겠다고 말씀하시겠지만, 카타르 항공에서 일하는 승무원들은 '아이고, 고생해.'라며 위로의 말을 건넨답니다. 그만큼 우리를 힘들게 하기로 유명한 손님들의 프로필에, 작고 큰 사건, 사고가 끊이지 않는 비행으로 유명하죠.(저희에게 사건, 사고란, 손님의 컴플레인이죠) 저도 런던 비행을 경험한 승무원들에게 들은 이야기만 한 보따리랍니다.

특히 이번 런던 비행은 한국인 부사무장님과 함께 비행하기도 하고(멋진 한국인 주니어 승무원의 모습을 보여 주고 싶은 마음 가득)….

이래저래 긴장되는 비행을 앞두고 다시금 메뉴얼을 읽으며 브리핑 준비를 하고, 가방을 챙기면서도 5D 카메라를 가져가야 하나 말아야 하나 백 번 고민했어요. 보통 첫 런던 비행은 호텔에서 기절 20시간이라는 말을 익히 들은 지라, 무거운 카메라가 오히려 무용지물이 될 것을 예상하면 안 가져 가야 할 것 같고…. 그래도 여행가 정신을 발휘해 꾸역꾸역 시내로 나갈 것을 예상하면 가져가야 할 것 같기도 하고….

일찌감치 잠자리에 들었지만, 결국 계획했던 기상 시간 3시간 전에 일어나고 말았습니다. '악몽'을 꿔서 더 이상 침대에 뒹굴 수가 없었죠.

힘들다는 말에 잔뜩 긴장하고 가면, 막상 천국이 따로 없는 비행일 때가 몇 번 있었는데, 이번 비행도 물 흘러가듯 그런 비행이 되었으면….

저번 주, 한국에 갔을 때, 교회에 가서 들었던 말씀이 생각나네요.

"두려움은 거짓이다. 두려움은 하나님이 주신 것이 아니다."

두렵지 않습니다. QR001: 런던, 잘 다녀오겠습니다.

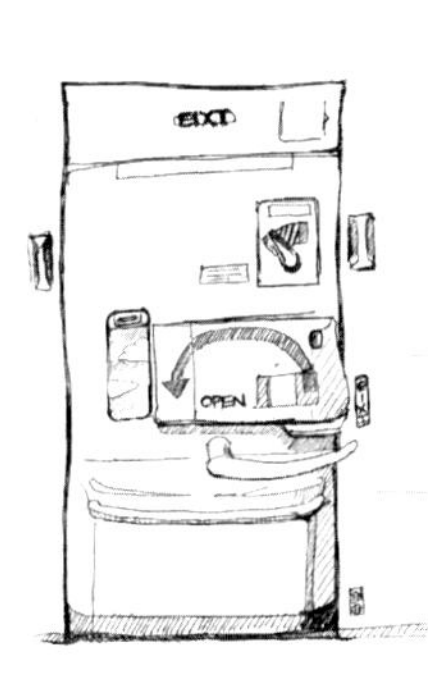

런던 *London*

안녕, 당신은 런던을 좋아하나요? 영국의 수도 런던. 누구에게는 꿈의 도시, 환상의 도시로 누군가에게는 높은 벽을 경험한 콧대 높은 도시로 기억될 런던. 저에게 런던이라 하면…. 글쎄요. 런던을 몇 번쯤이나 가봤을까요? 10~20번 정도. 그 많은 비행 중 가장 기억에 남았던 몇 가지의 이야기를 전해드리고자 합니다.

미술관

갤러리아 앞 트라팔가르 광장의 4번째 좌대는 비어 있었습니다. 원래의 의도는 윌리엄 4세의 동상을 세울 계획이었으나, 재정상의 이유로 미뤄졌었죠.

150년 동안 비어진 좌대에 대한 논쟁이 이어지다 1999년부터 2001년까지 임시로 3개의 작품이 전시되었습니다. 그로부터 본격적으로 2005년 런던 문화팀의 주도하에 현대 작가들의 작품을 일시적으로 전시하기로 결정하였습니다.

현재는 'Gift horse'라는 작품이 진열되어 있습니다.

이 작품을 소개하기 위해서는 'Don't look at a gift horse in the mouth.'라는 속담부터 이야기를 풀어 나가야 할 것 같네요. 속담은 선물의 값어치를 생각하지 말라는 뜻이 담겨 있습니다. 예전에는 말을 선물로 주고받는 일이 많았다고 합니다. 그러면 선물을 받은 사람은 말의 이빨을 확인하며 그 말의 값어치를 가늠해 보는 거죠.

"선물로 받은 말의 입안을 보지 말라."는 속담은 선물한 사람의 마음에 감사해야지, 그것을 값으로 환산하지 말라는 뜻에서 나온 것입니다.

Gift horse 작품은 뼈만 남은 말의 다리에 리본이 묶여 있습니다.

런던, 4번째 좌대
pencil on paper by Annabelle Yoon.

이 리본 장식에는 현재 런던 증권 거래소의 정보가 실시간으로 보입니다. 말의 형태만 남아 있을 뿐, 이제는 말의 이빨을 들여다 볼 필요조차도 없는 셈이죠. 리본에 쓰인 숫자들로 이미 그 말의 값어치는 정해져 있습니다.

작가는 우리에게 질문을 합니다. 만약 우리 각자의 팔에 저런 리본이 채워진다면?

4번째 좌대에 일시적으로 현대 작품이 세워진다는 것을 듣고 이곳저곳에서 자료를 조사하니, 저 작품에 이렇게 심오한 뜻이 담겨 있었구나…. 라는 생각이 뒤늦게 듭니다. 현대 작품은 작가의 의도를 파악하기 전까지 우리가 유추하는 단계로는 진정한 속뜻을 파악하기 더욱 어려워지고 있습니다. 그래서 현대 미술이 사람들에게 아니, 저에게 어렵게 느껴지는 이유이죠. 그래도 한번 그 의미를 알고 나면 더 많은 생각과 여운을 남기니…. 그것이 또한 현대 미술의 매력이라 할 수 있겠죠.

본격적으로 국립 미술관 안에 들어서면, 전시 작품은 크게 4개의 카테고리로 나뉩니다.

- 13~15세기의 회화 – 우첼로, 보티첼리, 레오나르도, 라파엘의 작품
- 16세기의 회화 – 미켈란젤로, 티치아노 등의 작품
- 17세기의 회화 – 카라바조, 렘브란트, 푸생, 루벤스 등의 작품
- 18~19세기의 회화 – 고야, 드가, 세잔, 모네, 반 고흐 등의 작품

처음에는 시대별로 봐야 역사의 흐름까지 함께 볼 수 있다는 아름답고도 똑 부러지는 계획으로 13세기의 작품이 전시된 방부터 들어갔습니다.

그런데 생각보다 작품이 많고, 시간이 꽤 오래 걸려 마지막 18~19세기의 작품은 보는 둥 마는 둥. 아무리 좋은 계획이라도 상황에 따라 잘 지켜지지 않을 때가 있죠. 그래도 꾸역꾸역 될 때까지 하는 저의 미련한 성격에 주인 잘못 만난 몸이 다시 한 번 고생합니다. 이번 기회에 다시금 계획했던 대로 되지 않는다면 수정이라는 단어가 있음을 기억합니다.

실제로 그림을 그리시는 분이시라면 공감할 이야기. 풍경이 아닌 정물, 인물을 그릴 때 특히 '배경색' 하나로 그림의 느낌이 180도 변하게 됩니다. 저 같은 초보의 경우에는 배경색을 결정할 때, 흰색에서 시작해 검은색으로 바꿀 정도로 갈팡질팡합니다. 이런 고민을 하게 되면서 자연스럽게 보게 되는 '화가들의 배경 선택'은 언제나 감동입니다. 전 그림이 참 좋습니다. 그림을 보면 행복해지고, 그림을 그리면 더욱 더 행복해짐을 느낍니다. 그래서 자연스레 저의 꿈은 화가가 되었죠.

당신에게 편지를 보내는 것도, 그림을 그리는 것도 본질적으로는 사람과의 소통을 원하기 때문입니다. 제가 가지고 있는 생각, 경험, 느낌을 공유하고 싶은 마음. 직접적으로 보다는 간접적으로 종이에 전달하고 싶은 마음.

저의 마음이 그대에게 잘 전달되고 있나요?

2~3시간 미술관에서 몇 백 개의 작품을 쉼 없이 보니, 내가 그림을 보는 건지 아니면 걷기 운동을 하는 것인지 깨어 있은 지 딱 24시

'Naked girl on a gold background' acrylic on canvas by Annabelle yoon.
그림은 여성의 누드에서 시작됩니다. 전체적인 뒷모습에 살짝 보이는 얼굴. 화려함과 따뜻함을 함께한 금색 배경에 꽃밭까지 (배경의 모티브는 클림트의 키스에서 얻었습니다) 환상적이고 화려한 곳에 서 있는 여자. 그러나 행복해 보이지만은 않은 여자의 딜레마.

간을 채우고 나니 좀비가 따로 없습니다.

안 되겠다 싶어, 미술관을 나왔습니다. 다음을 기약하며…. 이것 또한 승무원이라는 직업이 갖는 또 하나의 장점이겠죠?

청명한 하늘을 보자니 잠이 깨는 듯합니다. 호텔에 들어가기 아쉬워 예전부터 가보고 싶던 노팅 힐에 꾸역꾸역 가기로(계획 수정) 하였습니다. 이 편지를 보내며 다시금 느끼는 건 미련한 주인 때문에 몸이 고생이 많다는 것입니다.

'노팅 힐(Notting Hill)'은 '런던' 하면 떠오르는 대표적인 영화.

아주 오래된 영화지만, 한편의 잘 만들어진 영화가 16년이 지난 지금도 수많은 사람들을 이 작은 동네로 끌어모으다니 놀라울 따름입니다. 저 또한 낭만의 그곳 노팅 힐에 가길 꿈꿔 왔었죠. 마침 주말에 런던을 방문하게 되었으니, 이번에야말로 노팅 힐에서 휴 그랜트 같은 사람을 만나리라 기대하며….

노팅 힐에 도착하니 사방이 영화에서 본 듯합니다. 영국 국기를 찍으려 카메라를 드는데, 마침 앞으로 젊은 청년들이 지나갑니다. 이것 또한 마치 영화의 한 장면처럼…. 이 친구들에게 다음 장면에 펼쳐질 이야기의 장르는 로맨스일까요? 아님 코미디일까요? 으쌰으쌰 하면서 노팅 힐에 갔지만, 졸린 눈에는 장사가 없습니다. 가게에서 맛있는 디저트 케이크라도 먹어야지 했지만, 가게를 찾는 저의 발길은 자연스레 노팅 힐 전철역 앞에 도착해 있습니다.

아쉽지만, 이것 또한 다음을 기약하며, 짧은 런던 여행을 마칩니다.

승무원들이 자주 찾는 그곳

공항 호텔, 그 친숙한 이름이여. 한 번쯤, '승무원들이 묵는 호텔은 어디일까?'라는 궁금증을 가져 보신 분들이 계신가요? 도시와 한참 떨어진 국제공항 근처에 빼곡히 들어선 수많은 호텔들을 보면서, 저런 곳에서는 도대체 누가 묵는 걸까? 라는 궁금증은요?

그런 호텔에 저희가 묵습니다.

모든 도시의 호텔이 공항 근처로 정해지는 것은 아니지만, 공항을 오가는 편리성과 경제적 이유로 적지 않은 도시에서 저희는 시내와 한참 떨어진 공항 호텔에서 묵습니다. 그중에서도 대표적인 도시가 바로, 런던과 파리.

두 도시는 저희 항공사에서 하루에도 3~4편 이상 운항하는 곳이기 때문에 승무원이 도시에 머무는 시간이 다른 도시에 비해 상대적으로 짧고, 그러다 보니 회사에서 승무원들을 위해(?) 굳이 시내에 있는 호텔까지 버스를 타고 오가는 수고스러움을 덜어주려 저희의 숙소를 아예 '공항 호텔'로 정한 거죠.

이유야 어찌 되었든, 정해지면 정해진 대로, 그 안에서 행복을 찾는 것은 각자의 몫이죠!

스케줄에 '런던LHR'이라는 두 글자가 뜨면, 바로 떠오르는 그곳!

호텔에서 도보 15분 정도 떨어져, 부담 없이 산책하며 갈 수 있는 그곳!

제가 오늘 당신께 들려드리고 싶은 이야기는 런던의 맛있는 식당

이야기입니다.

아웃백이나, TGI의 오리지날 버전이라고 하면 과찬일까요?

바비큐 폭립의 진수를 보여 주는 그곳! (The pheasant inn&restaurant)
포테이토 칩이란 이런 것이라고 그냥 딱! 접시 위에 딱!

다들 아는 듯하지만 마치 자신만의 단골집인냥, 런던에 도착할 때쯤 되면 승무원들은 자기가 알고 있는 비밀스러운 곳을 공유하듯 하나둘 바비큐 폭립 이야기를 꺼냅니다. 들다 보면 결국 다 같은 곳 이야기죠.

이쯤 되면 당신도 그곳에 한번 가보고 싶지 않으세요? 열심히 일한 스스로에게 포상을 주는 방법은 의외로 간단하죠, 맛있는 음식 먹기! 당신께 글을 쓰면서도 군침이 꿀떡. 우리 다음에 만나면 한국에서 맛있는 식당을 함께 찾아봐요.

빌리 엘리어트

런던에서 작성한 메모

Im tired to waiting to watch musical. STILL need to wait another one hour more.

비행 전에 제대로 자지 못한 데다 런던행 7시간 비행을 '못된 사무장' 때문에 긴장해서 동동거려 몸이 녹초가 되었지만, 호텔에 도착하기 무섭게 옷을 갈아입고 런던 시내로 출발했습니다. 비행이 어쨌든 계획했던 대로 뮤지컬을 한 편 보기 위해서죠. 당일 뮤지컬 표를 파는 TKTS가 있는 레스터 스퀘어 역으로 갑니다.

다행히 환승 없이 런던 히트로 역에서 직진, 전철로 한 시간. 표를 사는 곳을 찾기도 쉬웠고, 표도 어렵지 않게 샀습니다.

가격에 비해 자리도 꽤 앞자리 중앙입니다. 영하의 날씨에다 수요일이라 그런지 뮤지컬을 보려는 사람이 많지 않은 모양입니다.

표를 사고 뮤지컬 상영 시간까지 3시간가량이 남았습니다. 지금부터 추위, 시간 그리고 졸음과 싸워야 합니다. 어떻게 그 시간이 지나갔는지 기억나지 않을 만큼 비몽사몽이었습니다. 그래도 전날부터 시작해 30시간가량을 동태눈으로 버틴 보람이 있습니다. 빌리 엘리어트 내용의 감동보다는 10살가량 되는 어린아이가 세 시간 가량을 끊임없이 춤추고 노래하는 것 큰 감동이었습니다. 춤출 때 보이는 다리 근육이 그 주인공이 얼마나 많은 연습 끝에 이 무대에 섰는지를 단적으로 보여 주었습니다. 그런 아이의 모습에서 저는 성실함과 노력과 인내와 끈기 그리고 마지막 순간에는 그 모든 수고 끝에 '다 이룬 자의 행복한 얼굴'까지 보았습니다. 마지막 관중들의 박수를 받으며 그 아이의 으쓱이던 어깨를 잊을 수 없습니다.

저도 무언가 주어진 일이 있고 그것을 위해 앞만 보고 노력한다면, 마지막 그 꼬마 주인공처럼 사람들 앞에서 아니, 거울 앞 저 자신을 보며 미소 지을 수 있을까요?

뮤지컬의 감동이 쉽게 사그라지지 않습니다. 아름다운 밤이에요.

오페라의 유령

런던 비행의 특별한 행복은 바로, 뮤지컬 관람이 되었습니다.

도하 → 런던 행의 많은 출발 시간 중에서도 딱 이 시간, QR 3 비행편(도하 출발 0755 – 런던 도착 1315)을 타게 되면, 보너스로 뮤지컬 관람이 따라옵니다.

예전에 이 비행편을 타고 런던에 도착해 뮤지컬, '빌리 엘리어트'를 본 적이 있었죠. 피곤했지만, 그 피곤함을 압도하는 감동이 있어서, 앞으로 쭉 런던에 올 때마다 뮤지컬을 한 편씩 보기로 했습니다.

그 후 몇 번의 런던 비행이 있었지만, 런던에 도착하는 시간과 뮤지컬 시간이 맞지 않아 계획이 계속 미뤄졌죠. 그리고 이번 달 기회가 찾아왔습니다.

처음 빌리 엘리어트를 봤을 때는 당일 티켓을 저렴하게 구입할 수 있는 TKTS라는 부스에서 티켓을 구입하고 3시간가량 기다려 공연을 봤었는데, 이번에는 시간을 좀 더 유용하게 쓰고자, 런던 뮤지컬 사이트에서 미리 온라인 구매를 하였습니다. 덕분에 함께 일한 승무원분과 함께 호텔 근처 맛있는 레스토랑에 가서 여유롭게 식사도 하고, 수다도 떨고, 뮤지컬 공연장 근처에 도착해 구경도 하고, 사진도 찍었습니다. TKTS에서 샀더라면 좀 더 싸게 볼 수 있었을까? 라는 생각도 들지만, 표가 있을지 없을지도 모르고 가는 내내 이것저것 고민하고 긴장하는 에너지를 생각하면 온라인 구매가 더 경제적이었다는 생각이 들었습니다.

런던 하면, 우중충한 날씨를 상상하게 되지만 제가 갔을 때는 대부분 날씨가 굉장히 좋았습니다. 이날도 마찬가지였죠. 그래서인지 피커딜리 광장에 사람들이 엄청 많더군요. 저 도로는 분명 버스가 싱싱 달리는 차도가 맞는데, 말도 싱싱 소리를 내며 달립니다.

피커딜리 광장에서 멀지 않은 곳에 위치한 오페라의 유령 전용관.

예전에 오페라의 유령 뮤지컬을 보고 싶다고 생각하고 소설책을 먼저 읽었습니다. 소설의 스케일을 어떻게 저 한정된 공간 안에서 몇몇 배우들이 표현해 낼까라는 궁금함 반, 기대 반! 드디어, 그 현장을 목격하는 순간!

제가 구입한 표는 Grand Circle. 나름 제값 주고 좋은 자리에 예매했다고 생각했는데, 처음 자리 배정받고 보니, 예상보다 무대와 객석 사이에 경사가 엄청 높아서 제대로 볼 수 있을까 실망했었어요. 그래도 전체적인 느낌이 한눈에 들어오는 것이 뭐, 나쁘지 않았습니다.

뮤지컬이 시작되고, 주인공의 웅장한 음색이 전용관을 가득 채웠습니다. 역시 전용관답게 오페라 유령만을 위한 세트 또한 큰 볼거리였습니다. 내용 중반 부분에 오페라의 유령이 여주인공을 자신의 은신처로 데리고 가는 대목이 있는데, 오오오! 감탄사가 절로 나옵니다. 한정된 공간이라고 생각되지 않을 만큼 멋지게 표현되었습니다.

역시 전통 있는 뮤지컬은 다르다. 전 세계의 사랑을 받는 뮤지컬은 다르다. 대. 단. 하. 다! 기억에 오래도록 남을 뮤지컬 한 편 보고 나니, 아쉽지만 호텔로 돌아가야 할 시간. 다음엔 또 어떤 뮤지컬을 보게 될지…. 아직도 봐야 할 것, 먹어야 할 것이 무궁무진한 런던에서 행복한 계획을 세우며 편지를 마칩니다.

위로가 되어 준, 런던

악명 높은 런던 비행이었지만 3~4번 정도의 경험으로 '생각하기 나름&대처하기 나름'이라는 나름의 결론을 내렸습니다. 그리고 저는 이번 비행을 통해 '방심 금물'이라는 교훈을 얻었습니다.

또다시 찾아온 한국인 부사무장님과의 비행…. 이번에도 역시 같은 교훈을 얻었습니다.

혹시나 사무장님 혹은 부사무장님들이 이 글을 읽으시고 오해하실까, 혹은 새내기 분들이 이 글을 읽으시고 겪지도 않은 일로 벌벌 떠실까 생각이 많아지지만, '한국인으로서' 저는 부족했고, '한국인으로서' 저는 한국인과 일할 때 조금 더 긴장해야 한다는 생각을 하게 되었습니다. 이 이야기는 모두들 공감하리라 생각합니다.

왜냐하면 우리는 '한국인'이기 때문입니다. 비행이 끝나고 호텔로 가는 차 안에서 부사무장님이 다가와 제 옆에 앉은 승무원에게 저와 할 이야기가 있으니 자리를 비켜달라고 합니다. 그리고 계속되는 피드백….

몸과 육체와 정신이 모두 힘들었던 비행이 이렇게 끝이 났습니다.

피곤이 온 근육의 마디마디마다 전해지지만, 머릿속에서 부사무장님께 들었던 이야기들이 계속 떠오릅니다. 영어와는 다르게 한국어로 듣는 피드백은 마음속에 깊이 남습니다. 눈을 감으면 장면이 떠오르고 눈을 뜨면 귓가에 소리가 들리는 듯합니다.

텔레비전을 틀어도 소용이 없고, 뜨거운 물로 샤워해도 소용이 없습니다. 결국 근처에 나가 조금 걷기로 결심하고 옷을 주섬주섬 챙겨 입었습니다. 옷을 입으며 고개를 드니 거울에 비친 저의 모습이 보입니다. 영혼이 빠져 나간 듯한 얼굴. 아직도 물이 뚝뚝 떨어지는 머리카락. 검은색 파카는 더 검게 느껴집니다. 제 마음과는 다르게 런던은 따뜻했고 아름다웠습니다.

걷고, 걷고, 걷고, 걷고…. 그래도 제 머릿속에는 비행 때의 상황만 수백 번 되풀이됩니다. 그리고 그 표정, 그 이야기들….

끝내 전화기를 집어 들었습니다. 영원한 내 편, 내가 무슨 잘못을 해도, 내가 무슨 바보 같은 짓을 해도 괜찮다고 말해줄 수 있는 한 사람. 엄마에게 전화를 겁니다.

'따르릉.'

나 "엄마…."

엄마 "괜찮다, 괜찮다, 괜찮다. 너는 소중한 존재이다. 너는 사랑스러운 존재이다. 너는 필요한 존재이다."

나 "고마워."

엄마 "관광이라도 해, 그렇게 계속 우울해 있음 너만 손해야."

나 "맞아."

엄마와 통화를 하니 역시, 황폐해졌던 마음이 조금은 정리가 되는 듯합니다. 그리고 그 길로 쭉 1시간, 런던의 중심가로 향했습니다. 웨스트민스터역 지하도를 나오니 우울한 제 마음과는 다르게 런던의 하늘은 참 높고, 맑고, 화사합니다.

봄의 기운을 가득 품은 런던의 길에 취해 불과 한 시간 전 저의 그 암울함은 온데간데없습니다.

제가 웨스트민스터역에 하차한 이유는 바로 '런던아이'를 보기 위해서입니다. 런던이라는 단어와 항상 함께하는 런던아이.

잡지에서도, 엽서에서도 런던을 소개하는 여행 프로에서도 보이던 런던아이는 저에게 말 그대로 런던의 '상징'같은 것이었습니다. 그리고 드디어 제 눈으로 직접 런던아이를 보았습니다. 예상과 달리 특별할 것 없는 도시의 관람차이긴 했습니다.

더 사실적으로 말하자면 세계에서 가장 큰 싱가포르의 대관람차를 매일 보던 저에게 런던아이는 그다지 큰 감동을 주지 않았습니다. 그래도 저는 런던아이의 야경을 볼 날을 기약하며, 다시금 런던의 상징 런던아이를 기대합니다.

이런 식으로 사적인 과거를 밝히는 것이 쑥스럽지만, 저는 여의도에 위치한 윤중중학교를 나왔습니다. 사람들에게는 여의도의 벚꽃길로 더 많이 알려진 '윤중로'는 제가 3년간 등하교를 했던 길이기도 하죠. 많은 사람들은 벚꽃 축제 기간에 시간을 내어 그곳을 찾지만, 4월 초 처음 한 송이가 필 때부터 저는 그 길을 걸으며 한 송이가 열 송이가 되고 백 송이가 되고 나무 전체를 하얗게 뒤덮는 과정을 하루하루 바라보며, 다른 사람은 갖지 못하는 큰 보물을 가진 듯 으쓱했었습니다.

아름다운 벚꽃이 피는 4월은 아침 등굣길, 오후의 하굣길이 큰 기쁨이었습니다. 3학년이 되어 만개한 벚꽃 나무를 지나 집으로 향하던 때가 기억납니다. 이 길을 이제 다시는 걷지 못한다는 생각에 그 길을 더 오래 기억하려고 계속 보고 또 보고, 쉬었다가 걷기를 반복하였었죠. 그렇게 저와 벚꽃길과의 인연은 끝이 났습니다.

봄이 왔음을 가장 처음 알려 주는 벚꽃이 런던에도 여기저기 피어 있었습니다. 벚꽃 나무 아래 여유롭게 봄을 즐기는 사람들이 부럽습니다. 서울의 윤중로에도 벚꽃들이 활짝 피었겠죠?

시계를 보니 11시가 다 되어 갑니다.

11시부터 시작한다던 교대식을 보러 가기에 저는 너무 동떨어진 곳에 있었습니다. 서둘러 가기에는 신발이 너무 무거워 저는 그냥 천천히 그곳으로 향했습니다.

언제 시작하는지만 알았지, 언제 끝나는지는 알아보지 못했던 터라, 한 10~15분 정도로 예상하였던 거죠. 궁전의 모습이라도 보자는 생각에 천천히 걸어가는 데 40분쯤 지났을까, 멀리서 군악대의 연주 소리가 들립니다.

혹시? 걸음을 재촉하니 아직도 교대식이 한창입니다. 설마 매일 같은 행사를 1시간 동안이나 하는 것인가? 전통 방식을 유지하기 위함인지, 관광객을 유치하기 위한 목적인지 모를 만큼 그곳에는 수많은 인파로 발 디딜 틈조차 없었습니다.

거구의 관광객들에게 둘러싸인 철조망 안의 근위병들을 보는 것은 일찍이 포기하고, 끝나고 나오는 근위병을 보기 위해 15분 정도를 기다렸습니다. 기다림이 지루해질 무렵, 굳게 닫혀 있던 문이 열리고 행진 음악이 울려 퍼집니다. 파란 하늘과 너무도 아름다운 조화를 이루는 빨간색 복장의 근위병들! 마치 1분짜리 '영상'을 본 듯 카메라

렌즈를 통해 본 근위병들이 점점 사라지고, 그렇게 저의 런던 이야기를 끝을 맺었습니다.

PS. 돌아오는 지하철 안에서 저는 다시 같은 생각에 잠깁니다. 그러나 강도는 이전과는 비교도 안 되게 가볍습니다. 그리고 돌아오는 비행기. 저는 더욱 열심히 일했습니다. 우려했던 일(머릿속을 맴돌던 수백개의 시나리오)은 일어나지 않았습니다.
집에 돌아와 생각합니다. 이런 날도 있고, 저런 날도 있는 것이라고…. 절 위로해 준 런던의 이야기를 마칩니다.
안녕, 런던!

반성문: 그의 모습에서 나를 발견하다

나에게 두바이 비행이란? 1시간짜리 짧은 비행. 지금까지 수없이 했던 익숙한 비행. 간단한 서비스를 하는 쉬운 비행. 특별할 것 없는 비행이다.

두바이 비행이 있기 전 이틀의 오프 기간 동안 먹고 쉬다가 먹고 자고, 먹고 쉬다가 또다시 먹고 자고를 반복했다. 하루가 24시간이 아닌 16시간인 것처럼 밥을 두 번 먹고 8시간 정도 자면서 충분히(?) 휴식하였다. 그러고 나니 시간이 지나 비행 시간이 다가 오는 데도, 몇 시간 전 먹었던 밥의 영향으로 또다시 졸음이 밀려온다. 너무 많이 자는 것도 좋지 않다고 매번 반복되는 교훈을 얻는다.

그래도 다행인 것이 나에게 두바이 비행은 짧고, 익숙하고, 쉬운 비행임으로 부담감 없이 집 밖을 나선다.

작은 비행기로 가는 것이기 때문에 승무원 인원수도 7명으로 소수정예이다. 이코노미 클래스에 따로 부사무장이 안 탔으므로 최고참인 내가 이코노미 클래스 총책임을 맡았다.

사무장 "오늘 당신이 이코노미 총책임을 맡았는데, 승무원들한테 당부할 사항 있나요?"

나 "별거 없어요. 안전하게, 빨리 돌아옵시다."

사무장 "그건 그냥 늘 하는 얘기잖아요, 총책임자로서 말이에요."

나 "음, 서로 도우면서 일합시다."

요즘 부쩍 작은 비행기를 타는 일이 많아져 이코노미의 책임을 지는 일도 덩달아 많아졌다. 자리가 사람을 만든다고 책임감이라는 감투를 얻자 예전에는 누군가 하겠지라고 생각하던 소소한 것들까지 챙기게 되고, 누가 어떤 일을 하는지 주시하게 되었다.

비행기에 도착해 다들 각자 맡은 일을 시작한다. 두바이로 가는 비행은 워낙 승객수가 적어 널널하게 갔지만, 돌아오는 길은 만석이다. 더구나 두바이에서 Ditching training을 마치고 돌아오는 열 몇 명의 신입 승무원들도 함께 탔다. 그들은 초롱초롱한 눈망울로 우리가 하는 모든 일을 관찰한다. 부담스럽도록 자세히….

식곤증이라고 하기에는 몇 시간이 흐른 후에 더더욱 졸린 것이 아예 정신이 잠에 취해있는 듯하다. 그래도 정신을 차리려 노력하며 주의를 둘러보는데, 비행 시작부터 눈에 띄던 한국인 승무원 한 명이 또다시 눈에 들어온다. 그녀의 포지션은 플로터(Floater) 우리말로 하면 특정 포지션이 주어지지 않은 채 필요한 곳에 가서 알아서 일하는 것을 말한다. 어떻게 보면 참 쉬운 포지션이지만 일을 하려고 들면 끝도 없이 할 수 있는 그런 자리이다.

책임자의 입장에 서면 좋게 눈에 띄는 사람을 발견하기보다는 안 좋은 쪽으로 눈에 띄는 사람을 발견하는 것이 더 쉬운 것인가 보다. 손님들이 열댓 명씩 들어오고 있는데 비행기 가장 뒤 칸에 서서 멀뚱멀뚱 먼 산을 보는 그가 거슬리기 시작했다. 아까도 말했 듯이 자리가 사람을 만든다는 것인지 본인이 자신의 임무를 '일이 없는 포지션'이라고 단정 지어 놓았는지 그는 '내가 보기에' 태만했다. 브리핑에서 우리 도우며 일하자! 라고 했던 나의 말은 그에게 아무 의미 없는 허공의 메아리였던 것인가. 도움을 줘야 하는 것이 본인의 일임을 망각하는 것인가. 속에서 하고 싶은 말이 줄줄 새어 나온다. 물론 그는 나의 기대치를 몰랐고, 본인의 임무에 대해 무지했을지 모른다.

그 친구에게 한마디라도 해줘야 하나 생각하던 차에 불현듯 예전 런던 비행이 떠오른다. 내가 지금까지의 비행 중에서 꼽히는 최악 TOP3 안에 드는 비행. 그 당시 런던으로 가는 비행에서 나의 포지션도 플로터였다. 나는 열심히 한다고 했지만, 내가 하는 일들이 한국인이었던 부사무장님의 눈에 안 찼는지 비행의 중반부부터 3~4시간 동안을 나는 그분의 눈초리와 감시와 꾸지람으로 떨며 보냈었다. 그때는 '왜 나한테 저럴까?'라는 생각에 억울한 마음이 앞섰다. 그리고 그때부터 일명 블랙 리스트를 만들기 시작하며 무섭게 대하는 사람을 피해 다니자는 결심을 하였다. 물론 시간이 지나 나만 잘하면 '적어도' 내가 타켓이 되지 않는다는 교훈을 얻어 피하기보다는 고개를 더 숙이는 쪽으로 변하였지만….

이런 옛 생각에 잠겨 내가 그의 행동을 이해한다고 하여도, 현실에서 느껴지는 그에 대한 나의 불만은 피곤함과 함께 얼굴에 고스란히 드러났다. 충고도 관심이 가는 사람에게 하는 것이지 나는 너를 모른다는 모르쇠의 마음으로 나는 그녀를 그렇게 대하였다. 그 승무원은 지금쯤 어디에선가 이를 갈며 뭐 저런 사람이 다 있나 나를 비난하겠지만, 뭐 시간이 지나면서 내가 그 런던 비행의 부사무장님의 마음을 조금 이해하듯, 언젠가 나의 마음을 이해할 날이 있겠지, 라고 무책임한 생각을 한다. 그래도 비행에서 돌아와 몇 시간 푹 자고 일어나 상쾌한 정신이 드니, 내가 좀 너무했나 하는 생각도 든다.

"미안했네, 후배님. 내가 그대를 보며 지었던 창백한 낯보다도 한마디 충고해 주지 않았던 차가운 내 마음이 미안했네. 나도 같은 경험이 있으면서 아닌 척해서 미안했네."

미얀마 Myanmar

좋은 사람과 함께라면
그곳이 바로 지상낙원

오늘의 편지는 행복이라는 단어로 시작하고 싶습니다.

저 이렇게 행복해도 되는 건가요? 이번 여행을 통해 제가 복이 많은 사람임을 다시금 느낍니다. 3년 가까운 시간 동안 카타르 항공에서 승무원으로 일하며 셀 수 없이 많은 곳에서 그보다 더 많은 사람들과 함께했지만 이번 여행만큼 좋았던, 긴 여운을 갖게 한 여행은 처음이었던 거 같아요.

미얀마 비행을 준비하는 브리핑실에 들어섰습니다.

브리핑의 시작은 각자 자신을 간단하게 소개하는 인사말로 시작합니다.

한 명씩 돌아가며 소개를 시작하는데, 몇몇 사람의 자기소개와 함께 방이 술렁이기 시작했습니다. 그 이유는 갓 트레이닝을 마친 파릇파릇한 신입 남자 승무원들 때문이었죠.

워낙 승무원이란 직업 자체가 성 비율이 안 맞는 터라, 고작해야 15명 중 한두 명의 남자 승무원이 끼면 많은 축이고 전부 여자들로만 구성된 팀이 대부분입니다.

그런데 비즈니스 담당 남자 승무원 한 명과 신입 남자 승무원 2명까지…. 저를 포함한 모든 여자 승무원들의 입가에 미소가 띄워질 만한 충분한 이유가 되었죠. 거기에 다 이성애자! 이것 또한 신기한 일입니다. 게이가 없는 세 명의 남자 승무원과의 조합이라…. 한국에서라면 여자고등학교에 잘생긴 남자 교생 선생님이 부임해 오신 상황과 흡사하다고 할 수 있겠네요. 부디 절 속 보이는 여자라고 생각하진 말아 주세요.

우리는 너나 할 것 없이 졸업사진 찍는 아이들 무리에 끼어 들었습니다. 저 사진 중에 카타르 승무원은 누구일까요? 잘 찾아보면 저도 저 안에 들어가 있답니다.

그렇게 우리는 미얀마로 떠났습니다.

도시 자체만으로도 충분히 우리를 설레게 하지만, 모두가 함께이니 그 시너지 효과는 상상 이상이었습니다. 다 함께 나가 근처 레스토랑에서 밥을 먹고 공원을 지나쳐 사원에 방문할 계획을 세웠습니다. 공원을 지나치는데 꽃단장을 한 여러 무리의 아이들이 눈에 띕니다. 졸업사진을 촬영하는 것 같았어요. 우리의 눈에는 촌스럽다 말할 만큼 과감한 그들의 옷차림과 화장에 눈이 휘둥그레졌습니다.

별일 아닌 일에도 어린아이처럼 깔깔거리며 신나다가 공원에서 또 한 무리의 사람들과 마주쳤습니다. 조심히 다가가 사진을 함께 찍어도 되냐고 물어보자 그들이 되려 본인들의 카메라로 저와 함께 사진을 찍고 싶다고 말을 합니다. 수도승이라도 장난기 가득한 얼굴은 영락없는 아이일 뿐 우리와 다를 게 없습니다.

수도승 수련 기간에는 여자와 접촉이 있으면 안 된다는 태국 승무원의 주의 사항을 듣고, 어린 수도승 옆에 살짝 떨어져 앉아 사진을 찍었답니다.

미얀마에서 가장 유명한 쉐다곤 파고다 사원에 가는 길…. 저 멀리 흐릿하게 사원의 모습이 보이기 시작할 무렵부터 길거리 상인들 또한 이것저것 물건을 내놓고 팔기 시작합니다. 과일주스부터 온갖 기념품과 사원에 바칠 꽃과 향까지 품목도 다양합니다. 몇몇 어린아이들은 새들에게 먹이를 줄 옥수수알을 팔고 있었어요.

이곳 사람들의 모습을 보면 생활 수준과 나눔은 별개의 문제라는 갖게 되었습니다. 모두가 함께 살아가는 가치를 아는 미얀마 사람들…. 며칠 전 한 방송 프로그램에서 미얀마가 가장 많이 기부하는 나라 1위라는 이야기를 들었습니다.

그대여, 저는 나눔의 분위기를 도시 곳곳에서 쉽게 느낄 수 있어요. 마음 따뜻해지는 그 모습을 그대에게도 전해주고 싶네요.

사원은 가파른 계단으로 이루어져 있습니다. 한걸음 내디딜 때마다, 기도하는 미얀마 사람들을 모습에 저도 덩달아 경건해집니다.

사원 정상에 도착하니, 금(Gold) 천지예요. 탑 꼭대기에는 73캐럿의 다이아몬드를 포함해 총 5,448개의 다이아몬드, 루비와 사파이어 대형 에메랄드가 박혀 있다고 하니, 미얀마 사람들의 불심이 눈으로 전해지는 듯합니다.

사원 가운데 자리를 잡고 앉아 사진을 찍으려 하니 이곳저곳에 퍼져 있던 동료들이 하나둘 모여 들었습니다. 승무원들답게 아름다운 미소를 지어 보이는 사랑스러운 사람들!

"너희가 있어 참 즐거웠다, 고마워."

태국, 필리핀, 남아공, 브라질, 루마니아, 한국…. 국적도 생김새도 다른 우리는 카타르 승무원입니다. 해가 질 무렵 뜨겁게 마지막 열을 불태우는 태양을 받아 사원이 더 화려하게 빛나고 있습니다.

쉐다곤 파고다 사원을 둘러보니 모두 녹초가 되었습니다. 호텔로 돌아와 각자 휴식을 갖기로 했습니다.

그리고 시간이 흘러 미얀마의 밤 문화를 즐기기 위해 호텔 로비에 삼삼오오 다시 모여 들었죠. 대부분 술을 마시는 바를 원했지만, 술을 마시지 못하는 저는 아이들에게 클럽에 가야 한다며 부추기기 시작했습니다.

"클럽 가면 내가 진짜 재미있게 해 줄게. 가자! 진짜야, 후회 안 해. 가자, 가자!"

그렇게 우리는 미얀마에 있는 클럽을 수소문하고 택시를 타고, 또 타고, 또 탔지만, 결국 우리가 원하는 클럽은 찾지 못하고 호주인 사장님이 운영하는 바에 가게 되었습니다. 그렇다고 포기할 제가 아니죠. 자정이 지난 시간, 저는 커피 한잔을 주문하고 사장님에게 우리를 소개했습니다. 춤을 추고 싶으니 빠른 템포의 음악으로 바꿔달라고 부탁했죠. 사람이 많지 않았던 터라 사장님도 흔쾌히 허락하고 우리는 각자 가지고 있는 휴대전화 음악 리스트를 총동원해 디제잉을 하며 춤을 추고 그야말로 불타는 밤을 지새웠습니다.

"You are crazy. I should go real club with you!"

"엄청 재미있지? 내가 뭐랬어, 나랑 클럽 가면 엄청나게 재미있다니까!"

호텔에서 제공하는 아침 뷔페가 10시 30분까지라고 합니다. 우리는 다음 날 아침 9시 30분에 함께 식사하자며 각자의 방으로 헤어졌습니다.

다음 날 아침, 그렇게 몸을 불사르도록 놀았으니 일어나지 못한 게 어쩌면 당연했을 수도 있습니다. 저는 결국 일어나지 못하고 아침은 꿈나라와 바꿔 버린 채 오후가 되어서야 다른 동료들과 합류할 수 있었습니다.

어느 도시에나 전통 시장을 둘러보는 것은 큰 재미죠. 열심히 일하는 사람들을 보는 즐거움, 복작거리는 좁은 거리를 걷는 재미, 거기에 우연히 접하는 새로운 문화들까지….

미얀마에 있는 여자들 대부분이 얼굴에 황토색 크림(?)을 바르고 있습니다. 전통 방식의 선크림 같은 것이라고 합니다.

미모를 가꾸고 싶은 마음은 어느 나라 여자나 한마음인 듯해요. 시장 거리를 지나며 제가 신기하게 만드는 과정을 쳐다보고 있으니 제 얼굴에도 발라 주었습니다.

얼마냐고 돈을 내겠다고 말하자 한사코 필요 없다고 합니다. 마음씨까지 착한 아주머니가 해준 미얀마 선크림!

이렇게 너무나도 행복했던 미얀마에서의 레이오버도 끝이 났습니다.

아직도 서로의 안부를 묻는 우리들은 카타르에 몇 안 되는 '친구'가 되었습니다.

우연은 이렇게 어느 순간 우리에게 다가와 큰 선물이 되어 줍니다. 이런 뜻밖의 행복이 있기에 저는 이곳을 좋아하고, 이곳에 있음을 감사합니다.

다음 비행에서는 어떤 승무원들과 어떤 추억을 만들게 될지 부푼 기대감으로 새해를 기다려 봅니다.

다카에서 만난 아줌마

다카 비행을 마치면 4일간의 오프가 시작된다. 4일이면 한국에 가서 2박 3일은 있을 수 있어서 많은 승무원들이 쉬는 날 한국으로 간다고 한다. 비행기 표도 500리알. 우리나라 돈으로 15만 원이 조금 넘는 가격이다. 그 정도면 KTX 타고 부산에 갔다 오는 가격이랑 비슷하다는 생각에 고민 없이 표를 샀다.

다카 가는 길.

오랜만에 하는 힘든 비행이었다. 인도, 방글라데시, 네팔 등등의 비행….

세계 곳곳에 퍼져 일하다가 2, 3년에 한 번씩 가는 고향을 찾는 사람들. 특히 중동 지역에서 일하다가 고향으로 가는 사람들을 미친 듯이 술을 시킨다. 중동에서 노동자들이 술을 구할 수 있는 데가 없을 뿐더러, 가격도 만만찮기 때문에 그간의 한풀이라도 하듯이 쉬지 않고 마신다.

술을 자주 마시던 사람들이 아니라 본인들 주량이 얼마나 되는지도 몰라 자칫하다가는 사고가 일어나기 쉽다. 그래서 우리 또한 신경을 곤두세우고 그들이 얼마나 많은 술을 마셨는지 승무원들끼리 체크하고, 손님들의 상태를 체크하며, 정신없이 5시간을 보냈다.

그렇게 호텔에 도착해 13시간 기절….

도하로 돌아오는 길.

오늘 밤이면 기다리던 4일 오프, 한국행이다.

아침 일찍 버스에 오르고 간단한 브리핑을 한다. 운 좋게도 이번 비행에서는 겔리(주방)를 맡았다. 이런 힘든 비행에서는 주방에 숨어 있는 게 속 편하다. 돌아오는 비행은 전날에 비하면 천국이었다. 올 때와는 확연히 다른 사람들의 표정, 먼 곳으로 또 언제 볼지 모르는 가족들과 눈물의 작별을 하며 돈을 벌기 위해 떠나는 사람들.

겔리에 한 아주머니가 찾아왔다. 영어를 잘하지 못한다.

'아이엠 콜드.' 춥다는 말에 컵에 따뜻한 물을 부어 두 손에 감싸 주었다.

'굿!' 아줌마는 굿이라고 했다.

그러면서 나의 명찰을 뚫어지게 쳐다 봤다. 그리고 나의 이름을 말하고 어느 나라 사람이냐고 묻기에, '한국 사람이에요. 한국 알아요?' 모른다고 한다.

제가 도하에 가냐고 묻자, 카타르에 간다고 대답한다.

대화가 안 되는 걸 우리 둘 다 잘 알고 있었지만, 계속 나와 대화하고 싶은 눈치였다.

아줌마는 천천히 자기 이야기를 시작했다.

식모(House keeping) 일을 하러 오만의 무스카트에 간다고, 방글라데시에는 7살짜리 딸이 있고, 남편도 있고, 3년 동안 일을 하기로 했다고 한다.

처음에는 별 생각 없이 대꾸해 주었다. '돈 많이 벌어서 딸아이 키우려고 가시는군. Good luck!'

아이 사진을 보여 준다. 그리고 남편 사진도. '딸이 엄마를 보고 싶어 하겠어요.' 하고 묻자 공항에서 딸아이가 울었다고 한다. 주방 근처에서 다른 동료들은 자기들끼리 이야기를 하고 있었다. 아줌마랑 이야기하다가 혹시 아줌마가 가족 생각에 울 수도 있겠다는 생각에 나는 그냥 씩 웃고는 다시 말했다. 'Good luck!'

아줌마가 갑자기 무언가 하고 싶은 말이 있는 듯, 또다시 골똘히 생각하더니, 손짓으로 이야기했다.

'신의 축복을 빌어달라는 이야기인가요? God Bless you.'

그 아줌마는 이슬람교도라고 했다. 나의 종교를 묻기에, '저는 기독교인이에요. God bless you. God bless you….' 계속 말해 주었다.

어느덧 도하에 도착할 시간이 되었다. 이제 착륙할 시간이니 자리에 돌아가 달라고 말했다. 마지막까지도 방글라데시 아줌마는 무언가 하고 싶은 말이 많은 듯했다.

비행기가 착륙하고 사람들은 짐을 챙겨 나가기 바쁜 와중에, 아줌마가 다시 찾아와 말을 건낸다. 나는 뒤쪽에서 정리를 하고 있었고, 나와 함께 몇 마디 했던 다른 동료와 이야기를 하는 듯했다. 고맙다는 이야기를 했겠지, 라고 생각하고 하던 일을 끝냈다.

다시 동료들 곁으로 가니, 조금 전 아줌마와 이야기했던 동료가 말을 꺼냈다. 아줌마가 전화번호를 묻더라고….

타지에 가는 게 얼마나 겁이 났으면 그저 몇 마디 해 본 우리에게 마음을 주고 전화번호를 물어보냐는 생각에 마음이 아팠다. 동료들이 이야기를 시작했다.

얼마나 험한 곳에 가는지, 집주인들이 얼마나 나쁘게 대할지 모르고 가는 것 같다고….

여기서도 식모를 함부로 대하는 사람들이 많다던데, 의사소통도 안 되는데 더 고생할 것이라고, 3년 동안 가족과 떨어져 있어야 한다니…. 너무 불쌍하다고.

집에 돌아와 한국에 갈 짐을 챙겼다. 3주 만에 다시 가는 한국이라 짐은 많이 없지만, 그래도 가족들을 위해 이것저것 챙겼다. 그러면서 이 별것 아닌 것에도 기뻐할 가족들의 모습이 생각났다. 그리고 잠시, 비행기에서 만났던 그 아줌마가 생각났다. 어쩌면 우리는 비슷한 처지인…. 가족과 떨어져 타지에 돈을 벌려고 나와서 산다는 것. 동병상련의 마음이라 그러한지 아줌마가 계속 마음에 남는다.

"아줌마, 저희가 종교는 다르지만, 그래도 아줌마에게 하나님의 축복이 가득하기를 기도합니다. 좋은 가족 만나길 기도합니다. 3년 후에 가족들과 다시금 재회할 그날을 기대하며, 새로운 곳에서 잘 적응하시기를 기도합니다. God bless you!"

'내가 지금 있는 이 자리를 다시 한 번 감사하며, 주위의 어려운 사람들을 다시금 돌아봐야겠다.'고 생각하게 되는 비행이었다.

마이애미 *Miami*

올해의 시작은 마이애미에서

2015년의 첫 번째 달, 스케줄이 나왔습니다. 1월 1일 마이애미에 도착해 3박 4일 동안 지내는 일정이 가장 먼저 눈에 띕니다. 뭔가 재미있는 일을 기대하며 2014년 12월 31일 잠이 들었습니다.

숙소에서 공항까지는 회사에서 제공하는 셔틀버스를 타고 이동합니다. 각자 스케줄에 맞춰 픽업 시간이 정해지고 모든 승무원들이 셔틀버스를 이용해야 합니다. 마이애미 비행 픽업 시간 새벽 5시 45분. 휴대전화 알람을 두 개나 맞춰 놓고 잤는데, 알람 소리가 들리지 않았습니다. 잠을 자다 뭔가 이상한 기운에 눈을 떠 시계를 보니 5시 40분. 이틀 전 새 휴대전화를 구입하고 알람 테스트를 안 해 보았던 탓인 듯합니다. 알람이 안 울렸는지, 아니면 원래 듣던 알람 소리와 다른 소리에 내 귀가 반응을 안 했던 것인지…. 복잡한 이유를 생각할 시간이 없습니다.

이미 픽업 시간은 맞추지 못합니다. 회사에 전화할까 하다가 그래도 최대한 맞춰 가보자는 생각으로 씻지도 않은 얼굴에 대강의 화장을 하고 유니폼을 입었습니다. 이럴 때 보면 사람의 능력은 끝이 없습니다. 적어도 1시간씩 걸리는 준비 시간이 15분으로 단축되어 버렸으니 말입니다.

다행히 다음 셔틀버스를 타고 출발해 브리핑실에는 5분 정도 지각을 했습니다.

비행을 함께한 사무장이 별일 아니라는 듯 넘겨 주어 다행히 아무런 문제없이 그저 새해 첫 아침의 해프닝으로 끝을 맺었습니다.

새해 첫날부터 늦잠이라니, 비행을 시작했지만 아침의 소동으로 정신이 없습니다. 반쯤 나간 정신으로 꾸역꾸역 도하에서 마이애미까지 장장 16시간 30분의 비행을 해냈습니다. 말이 16시간 30분이지, 정말 장난이 아닙니다.

어찌 되었건 시간은 흘러 우리는 마이애미에 무사히 도착했습니다. 뼈 마디마디의 근육들이 아프기 시작합니다. 몸은 천근만근 돌덩이가 따로 없습니다. 그래도 새해의 첫날을 그냥 보낼 수 없다는 생각에 동료들과 함께 저녁 식사를 함께하기로 했습니다. '그래, 놀자! 난 젊으니깐, 놀 수 있다.'라고 자기 최면을 걸기 시작했죠.

정신을 차릴 겸 밖에 나가 커피를 사러 가는 길, 로비에서 '플래쉬'라는 미국인과 이야기를 하게 되었습니다. 자신은 친구들과 마이애미 '피시(Phish)' 콘서트를 즐기기 위해 왔다고 합니다. 피시(Phish)? 처음 들어 보았습니다. 물고긴가? 워낙 음악에 대한 지식이 없기 때문에 저만 모를 거라는 생각에 아는 척 맞장구를 쳐주며 이야기를 들어 주었습니다. 동양인이 자신의 이야기에 집중해 주는 것이 신이 났는지 로비에 지나다니는 사람들을 붙잡고 하나둘 인사를 시켜 주기 시작합니다. 그들끼리는 안면은 있는 사람들인 줄 알았는데, 피시(Phish) 공연을 즐기는 사람들이라는 공통 분모 외에 서로 일면식도 없었습니다. 플래쉬는 여분의 공연 티켓이 있다며 함께 가자고 제안하였습니다.

처음 본 '이상한' 사람을 따라 어딘가를 간다는 것이 내키지도 않았고, 뼈 마디마디의 근육들의 통증이 더 심해져 몸이 축축 처졌습니다.

비행에서 너무 힘들었다며 제안을 거절하니, 최고의 공연을 놓치는 거라며 너무나도 아쉬워했습니다. 그 아쉬워하는 얼굴이 너무 진지해, 다음 날은 꼭 함께 가겠다고 약속을 하였습니다.

방에 들어왔습니다. 한 시간 후에 저녁 식사를 하러 나가야 합니다.

'그래, 한 시간 동안 눈을 붙이자….'라는 저의 계획과는 정반대로 저는 다음 날 아침 5시에 눈을 떴습니다. 너무도 허무하게 마이애미의 첫날밤이 사라져 버렸습니다.

'그래 아침밥을 먹고 어디든 가자….'라는 저의 계획과는 또 정반대로 저는 아침밥을 먹고 자서 오후 5시에 다시 잠에서 깨어 났습니다. 그렇게 둘째 날이 사라지고 있었습니다.

이것이 제가 미국 비행을 좋아하지 않는 이유입니다. 몸이 버티지 못하는지 미국 비행만 가면 저는 24시간 동안 잠만 잡니다. 자도 자도 더욱더 피곤해집니다. 그래도 마이애미는 휴양지이기에 신청했는데, 아무리 특별한 곳에 와도 저의 몸은 특별함을 즐길 만한 체력을 갖고 있지 못한 듯합니다.

첫날 저녁부터 말없이 사라졌으니, 동료들과는 연락이 될리 없고 이렇게 허무하게 또 둘째 날을 망칠 수 없다는 생각이 들었습니다. 문득 어제 스치듯 로비에서 만났던 그 남자가 생각납니다. 플래쉬가 말한 공연 이름이 뭐였더라? 인터넷으로 '피시(Phish) 마이애미'를 검색하는 순간, '여긴 꼭 가야 해!' 흔한 소규모 공연 정도라는 예상과 달리 정말 엄청난 공연이었습니다. 부랴부랴 플래쉬 방에 전화를 걸었습니다. 다행히 그 친구도 나갈 준비를 하고 있었습니다.

나　　　“아직도 날 데려갈 생각이 있으면, 나도 가고 싶어.”

플래쉬　　“당연하지! Come!”

그렇게 마이애미에서의 색다른 모험이 시작되었습니다. 호텔에서 멀지 않은 곳에 공연장이 있었습니다. 공연 시작 전부터 수많은 사람이 북적입니다. 그것만으로 이곳에 따라오길 잘했다고 생각했습니다.

공연장 앞의 주차장이 장터로 변해 있습니다. 음식도 팔고 피시(Phish) 공연 기념품도 팔고, 술도 팔고, 티켓도 팔고 있었습니다. 너나 할 것 없이 모든 사람들이 흥분한 상태이더군요. 저도 덩달아 신이 났습니다.

플래쉬는 장터를 돌며 상인들에게 인사를 시켜 주었습니다. 그날 도대체 몇 명의 사람들과 인사를 했는지 기억조차 나지 않습니다. ‘It’s her first time!’ 피시(Phish)의 공연이 처음이라며 인사를 시켜 주면, 사람들은 마치 자신들의 집에 초대한 것처럼 너무도 따뜻하게 ‘Welcome’

을 외쳐 주었습니다. 이들의 정체가 궁금해지기 시작했습니다.

공연 시간이 다가옵니다. 우리는 공연장으로 발길을 옮겼습니다. 8시쯤 시작해 12시까지 진행되는 공연. 장터에서 만난 사람들을 보며 헤비 매탈급의 강력한 음악일 것이라는 예상과 달리 피시(Phish)의 공연 장르는 뭐랄까, 록발라드라고 해야 할까? 중간중간 재즈 피아노 연주도 하고, 쿵쾅거리는 음악은 없고 잔잔하게 이어졌습니다.

그대여, 음악적 지식이 없어 이렇게 조잡하게 설명할 수밖에 없음에…. 용서를 구합니다.

약간 당황한 저와는 다르게 그곳에 온 수많은(대략 60,000명) 사람들은 모두 하나가 되어 음악에 심취해 있습니다. 저도 점점 그들과 하나 되어 음악에 공연에 분위기에 빠져 들었습니다. 마치 격투기장처럼 공연팀의 무대가 가운데에 설치되어 있고, 그 주위로 관객들이 둘러싸고 있습니다.

왼쪽부터 그레이스, 저, 팽귄, 뒤에는 플래쉬까지 흐릿하게 보이는군요. 저 사진 중 제가 가장 신나 보이죠?

플래쉬 "어땠어?"

나 "좋았어! 아니, 최고였어!"

피시(Phish)라는 그룹은 잼밴드(Jam band: 1960년대 부터 유행하기 시작한 즉흥 연주 밴드. 주로 콘서트 라이브 앨범 등으로 두터운 팬층을 확보하고 있습니다)인데, 미국 전역을 돌면서 이런 식으로 공연을 한다고 합니다. 피시(Phish)를 추종하는 사람들이 워낙 많고 조직적이어서, 물건을 파는 사람들은 피시(Phish) 공연을 따라다니며 그 옆에 장터를 열어 생활한다고 합니다. 플래쉬의 친구들도 오하이오주에 사는데, 이곳에 피시(Phish) 공연을 위해 왔고, 수많은 사람들이 공연을 위해 미국 전역에서 모여든다고 합니다. 그곳에서 만난 여자아이 그레이스는 공연장 옆에서 액세서리를 팔며 생활한 지 꽤 오래되었다고 합니다.

이곳 사람들이 저를 환영해 주고, 서로 친구처럼 인사를 나누는 것을 이해할 수 있었습니다. 몇 년 동안 공연을 다니며 마주치게 되니 이젠 모두 가족이나 다름없게 느껴진다는 이야기입니다. 자신들의 인생을 흔들어 놓을 만큼 좋아하는 밴드를 동양인 여자애가 좋아해 준다고 생각하니, 그것만으로도 그들은 저를 환영할 충분한 이유가 되었던 것이죠. 제 이야기에 공감되시나요?

공연이 끝나고 주차장 장터를 다시 찾았습니다. 역시나 공연을 본 사람들로 북적거렸습니다. 저도 장터를 구경하다 기념으로 모자를 하나 샀습니다. 장터의 분위기가 무르익고, 'I would say real crazy stuff going on there.'

뭐라고 말해야 할까. 미국 영화에서나 봤을 법한 신기하고 재미있는(?) 구경거리들이 눈앞에서 벌어졌습니다. 술 한잔 마시지 못하는 저는 그곳에서 너무도 말짱한 정신으로 사람들을 하나하나 관찰하는데, 눈앞에 있어도 마치 영화를 보는 듯한 별난 일들이…. 참 색다른 경험(?)이었습니다. 그렇게 일생에 한 번 볼까, 말까 한 광경을 보고 다 같이 호텔로 돌아왔습니다. 플래쉬가 혹시(개이름)를 산책시켜야 한다며 서둘렀던 이유에서였죠.

다 같이 로비에서 이야기하고 방에서도 끊임없이 이야기가 이어졌습니다. 중간중간 아이들의 미니 공연까지 이어졌습니다. 우연히 로비에서 만난 플래쉬 덕분에 저는 인생에서 두고두고 말할 수 있는 재미있는 이야깃거리를 얻게 되었고, 순수한 사람들로부터 좋은 에너지를 얻게 되었고, 허무하게 지나가 버릴 것만 같았던 마이애미에서 뭔가 특별한 것을 하게 되었습니다.

"정말 고마워! 너희와 너희가 사랑하는 피시(Phish)를 잊지 않을게."

상쾌한 아침!

3일째 되어서야 드디어 마이애미의 아침을 보게 되었습니다.

아침밥을 먹으면 또 자게 될까 봐 고민하고 있던 차 방에 전화벨이 울립니다.

'it's kana'

카나라는 일본인 동료에게서 걸려온 전화였습니다. 원래 이날 동료들 다 같이 자동차를 렌트에 근처 섬을 갈 계획이었는데, 아무와도 연락이 안 된다는 이야기였습니다. 저 또한 일원 중 한 명이었던 터라 혹시나 하고 연락을 해 본 것이라 설명하였습니다. 나도 모두와 연락이 끊긴 상태라며, 나는 오늘 해변이나 갈까 한다고 하자 자기도 함께해도 되냐고 물어봅니다.

"물론이지! 함께해 주면 나야 고맙지!"

호텔에서 제공하는 셔틀버스를 타고 드디어 말로만 듣던 마이애미 비치를 갔습니다. 생각보다 바다가 엄청나게 예쁘거나, 모래가 엄청나게 부드럽거나, 햇살이 엄청나게 좋지는 않았지만, 그래도 이곳은 마이애미 비치!

1월이지만, 따뜻한 햇살은 태닝을 즐기기에 손색이 없습니다. 동양 여자들은 대부분 살을 태우는 걸 질색하지만, 다행히 같이 간 카나도 저와 같은 태닝족! 둘이 마이애미 태양에 몸을 맡기고 앞뒤로 2시간 정도 구워댔습니다.

아침을 안 먹고 갔던 터라 1시 정도 되자 출출해졌습니다. 해변 근처에 들어선 식당은 관광객들만을(?) 위한 느낌이어서 카나와 저는 마이애미의 맛집을 찾아보자며 걷기 시작했습니다. 주위 사람들에게 물어 물어 찾아간 곳! 쿠바 레스토랑.

쿠바 음식은 처음인 우리는 가게의 화려함에 반하고, 웨이트리스의 예쁜 유니폼에 또 한 번 반하고 북적이는 손님들에 안심하며 가게에 자리를 잡았습니다.

맛은 Good, Good, Good!

나에게 전화해 줘서 고맙다고 하니, 함께 오게 돼서 좋았다고 대답하는 귀여운 카나! 하루 종일 좋은 시간을 보내고 기분 좋게 호텔로 돌아왔습니다.

비록 호텔에 오후 5시쯤 돌아와 16시간을 자고 다음 날 아침 9시에 눈을 떴지만, 그래도 마이애미에서 좋은 사람들을 만나고 좋은 경험을 하고 좋은 것을 본 것에 만족합니다.

앞으로 찾게 될 도시에선 얼마나 재미있고, 신나는 일들이 일어나게 될지, 설레네요.

올해의 항공사 수상&합격 수기

올해의 항공사 수상

2015 카타르 항공이 스카이 트랙 선정 올해의 항공사 상을 수상하였다. 말인즉 우리가 최고라는 뜻! 동시에 세계 최고 비즈니스 클래스 상과 중동 최고의 항공사 상을 휩쓸며 3관왕의 쾌거를 달성하였고 한다. 진짜 짝짝 소리를 낼 만큼 박수를 칠 경사이다. 회사에서 상을 받은 기념으로 승무원들에게 특별한(우리에겐 정말 다신 찾아오지 않을 듯한 단 한 번의 기회!) 행사를 진행하였다. 바로 기념 촬영 플러스 웹사이트에 포스팅하는 것을 허용한 것!

카타르 항공은 규정상 유니폼 입고 개인이 촬영한 사진을 인터넷(페이스북, 카카오스토리, 블로그 등등)에 올리지 못하게 되어 있다. 인터넷에서 유니폼 입은 분들의 사진을 보았다면, 대부분 회사를 그만두고 올리는 경우이다.

"나, 승무원이야!"라고 백날 외쳐도 사진 한 장 보여줄 수 없어 섭섭한 마음이 이루 말할 수 없었는데…. 회사 생활 언 3년 만에 이런 기회가 생기다니! WOW!

절호의 찬스를 놓치고 싶지 않아, 자카르타 9시간 비행을 마치고 장장 2시간 30분을 기다려 촬영을 하였다. 정작 사진 찍는 데

는 1분도 안 걸렸지만…. 비행의 여파와 오랜 기다림의 후유증으로 눈이 엄청 충혈되었지만, 사진엔 그렇게 티가 나지 않는 듯하다. 나름 만족스러워 신나는 마음에 이곳저곳 커뮤니티에 올리기 바쁘다.

실은 이보다 더 즐거운 소식은 월급 인상이다. 이건 뭐, 박수를 두 배로 더 크게 쳐야 될 경사이다. 야호!

월급 오른다는 이야기는 내가 입사하면서부터 돌던 소문이긴 했다.

처음엔 기대하다 점점 그 기대가 원망으로 바뀔 때쯤…. 역시 기다리는 자에게 복이 있는지 이제부턴 조금 더 두둑한 월급날을 기대해 본다. 회사에서 만나는 사람들의 이야기를 듣다 보면 우리 회사는 이래서 싫고, 저래서 싫어 하면서 불평불만 늘어놓으시는 사람들을 만나게 된다. 그러면 나도 덩달아 어깨가 축축 처지는데…. 좋다, 좋다 하고 다니면 더욱더 좋은 일도 많이 생기고 얻어가는 것, 경험하는 것도 상상 이상으로 많은 회사라 생각한다.

요즘 좋은 일이 겹쳐 흥분해서 애사심이 하늘을 찌르는 듯, 덧붙여 회사 합격 수기라도 써 볼까 한다. 옛날 기억을 더듬으며….

합격 수기

싱가포르 마리나 베이 센즈 호텔에서 일한 지 1년을 채울 무렵, 카타르 항공에서 오픈 데이가 열린다는 정보를 듣게 되었다. '그래, 서비스직 경력도 쌓였겠다, 한국처럼 3~4,000명씩 지원자가 몰리는 것도 아닐 터이니 도전해 보자!'

한국에서라면 아침 8시 이력서 제출 시간 3시간 전에 호텔에 도착해도 벌써 몇 백 명의 지원자들이 장사진을 치고 있을 것이 뻔했다.

싱가포르에서는 시험을 치른 적이 처음이라 사람이 얼마나 몰릴 지 정보가 없었다. 그래도 혹시 모르니 오후에 출근하는 데 지장이 없게 일찍 서둘러 나섰다. 한국에서 가져와 호텔 첫 출근 때 입었던 정장이 딱 한 벌 있었는데, 장롱 구석에 있던 옷을 오랜만에 빼입고, 화장도 평소보다 더 신경 써서 하고 카타르 항공에서 지정한 호텔로 향했다. 이력서 제출이라 하면 실질적으로 1분 남짓 면접관에게 인사를 하고 이력서를 제출하는 과정이다. 간단해 보이지만 이 1분으로 실질적인 면접의 기회가 주어지는가에 당락이 좌우된다.

면접관	"안녕하세요, 한국인이네요? 싱가포르에서 무슨 일 하세요?"
나	"전 이곳에서 일을 하고 있어요. 마리나 베이 센즈 호텔이라고 아시죠? 그곳에서 호텔리어로 일을 하고 있습니다."
면접관	"와, 거기 멋진 호텔이잖아요."
나	"맞아요, 아름다운 호텔이죠. 제가 그곳에 일하는 직원이라는 것이 자랑스러워요."
면접관	"합격이 되면 우리가 따로 연락을 줄 거에요. 행운이 함께하길 바랍니다."
나	"감사합니다."

순식간에 끝이 났다.

한국과 비교하면 터무니없는 숫자이겠지만, 생각보다는 꽤 많은 지원자가 보였다. 싱가포르, 필리핀, 말레이시아 등의 국적이 대다수였지만 한국인도 꽤 많이 보였다. 저가 항공사에 근무하시는 분들,

나처럼 호텔에 근무하시는 분들, 면접을 위해 싱가포르에 오셨다는 분들까지…. 몇 시간 후 회사에 출근하는 길, '따르릉.' 모르는 번호로 연락이 왔다.

"아나벨, 축하해요. 1차 면접 기회가 주어졌습니다. 내일 호텔로 ○시까지 오면 돼요."

큰 산처럼 느껴지던 승무원에 한 발짝 다가선 기분이었다. 왠지 느낌이 좋았다. 다음날에도 전날과 같은 옷, 같은 화장을 하고 1차 면접을 치르기 위해 카타르 지정 호텔로 향했다. 첫날과 마찬가지고 각국의 사람들이 눈에 띄고 첫날 보았던 한국인도 몇 명 보인다. 모두 자리에 앉으니 회사 홍보 비디오를 보여 주기 시작한다. 어느 회사나 홍보 동영상은 참 기가 막히게 잘 만드는 듯하다. 그것만 몇 분 보고 있으면 누구라도 다 저 회사에 꼭 입사하고 싶게 만든다. 나 또한 점점 기대와 열망에 사로잡혔다.

1차 그룹 토의 시간에는 꽤 큰 규모의 지원자가 한 조가 되어 토의하는 시간을 갖는다. 사람이 많고 시간이 한정적이라 나는 그냥 애들이 의견을 발표할 때 고개만 엄청 크게 끄덕이고 '맞아', '동의해'라는 추임새만 넣었다. 한국에서 면접을 본다면 잘 짜인 각본대로 움직이듯(학원과 스터디에서의 수많은 연습을 통해) 다들 나처럼 행동하겠지만, 확실히 외국인과 토의를 하면 꼭 흥분하는 사람, 자기주장이 맞다고 우기는 사람, 딴청 피우는 사람이 있다. 그런 사람들은 어김없이 2차에서부터는 얼굴이 보이지 않았다.

2차에서는 간단한 시험을 치르고 그사이에 한 명씩 불려 나가 암리치(발뒤꿈치를 들고 팔을 위로 들었을 때의 키)를 잰다. 그때도 1대 1로 면접관과 만나는 자리이니 최대한 좋은 인상을 보이는 것이 중요하지만, 다른 지원자들은 시험을 보고 있으니 그것 또한 방해하지 않는 배려가 중요하다.

순서가 헷갈리긴 하는데, 1차에서 합격한 사람들끼리 또 2차 그룹 토의 시간을 갖는다. 전보다는 확실히 작아진 그룹이니만큼 이때는 말을 좀 해야 하는 듯하다. 전처럼 고개만 끄덕인다면 자칫 영어를 잘 못하는 사람이라거나 소극적인 사람으로 오해받을 수 있기 때문이다. 나는 토의 때 어느 지원자가 의견을 냈을 때, '너의 의견에 동의해, 그리고 거기에 보태 이렇게도 하면 더 좋을 거 같아. 어떻게 생각해?'라는 식으로 한두 마디 했던 것 같다. 집중하고, 경청하고, 토의를 즐기는 것이 중요하다. 긴 하루가 끝이 났다. 몇 단계 아닌 듯하지만 매 순간 당락이 좌우되니 긴장을 놓칠 수 없었다. 그래도 나름 쌓아온 스킬을 유감없이 발휘했다. 그동안의 그 많은 스터디와 모의 면접이 헛된 일이 아니었구나, 하는 생각이 들었다.

최종 면접은 각자가 편한 시간에 조정할 수 있다. 나는 회사에 출근해야 되서 아침 시간이 좋겠다고 하니, 딱 알맞은 시간에 편성해 주었다. 최종 면접 때도 3일 연속 같은 옷에 같은 화장을 하고 갔다. 싱가포르에서 정장을 사러 돌아다녀 보기도 했지만, 급하니 마음에 드는 것을 발견하기 더 어렵고, 면접관이 옷이랑 합쳐진 내 이미지를 기억하고 있을지 모른다는 생각에서였다.

실은 이곳저곳에 지원해 최종 면접에서 떨어진 경험이 있어 기다리면서 굉장히 초조했었다. 긴장하면 왜 이상한 말이 나오는지, 정말 들으면 '뜨악'할 정도의 이야기도 하고 나온 경험이 수두룩했다. 내

차례가 오고 면접관에 들어서니 두 명의 면접관이 동시에 하는 첫마디가 '아나벨, 벨트 어디서 샀어요?'이다. 한국에서 산 벨트라고 하자. '역시!'라고 대답하며 한국에는 참 예쁜 물건이 많다고 칭찬을 해주었다. 그렇게 대화가 시작되니 긴장도 많이 풀리고, 경력에 관련된 이야기, 서비스에 대한 나의 생각, 경험들을 자연스럽게 전할 수 있었다. 면접을 보면서도 대화가 잘 통한다, 면접관도 나를 좋게 보는구나, 라는 소통이 느껴졌다.

결과는 기분 좋게 합격.

일하던 곳에서도 내가 승무원이 되고 싶었던 걸 알았기 때문에 일처리를 빨리해 주어 한국에서 새해를 맞이하고 1월에 회사에 입사할 수 있었다. 지금 생각해 보면 운이라는 것이 회사와의 궁합과도 큰 연관이 있다고 생각한다. 나는 '나'이고, 나의 언어 능력, 경력, 성격은 변한 게 없는데 어느 회사는 이런 나를 좋게 봐주고, 어느 곳에서는 탈락시키니 말이다.

입사 후 비행 브리핑을 시작할 때, 가끔씩 사무장이 하는 이야기가 있다. 지금 세계 곳곳에는 너희가 입고 있는 그 유니폼을 입기 위해 얼마나 많은 사람들이 노력하는지 아느냐고. 너네보다 더 못해서 그런 것 아니라는 것 잘 알 거라고. 그러니 순간순간을 감사한 마음으로 오늘 비행을 잘 마무리하자고 한다. 맞는 말이다. 내가 이곳에서 일하는 것은 큰 행복이고 행운이다.

"저를 뽑아 준 카타르 항공, 감사합니다."

몰디브 *Maldives*

스노클링의 매력에 빠지다

그대여, 제가 몇 달 전에 몰디브에 다녀와 보낸 편지를 기억하시나요? 그때는 제가 호텔에서만 있었던 게 아쉬웠다고 투정을 부렸었죠. 이번에 다시 찾은 몰디브에서 그 한을 좀 풀었답니다. 오늘은 그 이야기를 들려 드릴까 해요.

이번 달 스케줄에 몰디브가 나온 걸 보자마자 함께 가는 승무원 리스트를 체크하고 기장님과 부기장님의 이름까지 확인하며 누가 누가 열정적일까 점쳐 보기까지 했습니다. 그 이유는 저번 몰디브 비행에서 '리더의 중요성'을 다시금 깨달았기 때문이죠. 누구 하나 나서서 무언가 하자고 말하는 사람이 없으니, 다들 서로 눈치만 보다 결국 아무것도 못 하게 되었잖아요. 제가 그런 역할을 수행하지 못하는 것을 다시금 직시하는 계기가 되기도 했고요.

카타르 항공은 매 비행마다 팀을 바꿔가면서 일을 하니, 좋은 곳에 좋은 승무원들과 함께하는 운이 정말 중요해요! 뭐, 나쁜 승무원이 따로 있는 건 아니지만….

'비행 끝나고 나가서 재미있게 놀고 싶은 사람 VS 비행에 지쳐 쉬고 싶은 사람'으로 크게 나뉘는데, 일단은 놀고 싶은 사람이 많아야 거기에 또 여행 궁합이 잘 맞는 사람을 찾기가 수월하니까요.

더군다나 카타르 항공은 몰디브에 A320 비행기를 띄우는데, 이 말인즉 항공사가 보유한 항공기 중 작은 비행기, 기장님과 부기장님까지 합쳐도 작은 규모의 팀(8명)이 형성됩니다. 아무래도 큰 팀(13~18

명 정도)보다는 확률이 점점 낮아지죠.

그러나 확률이 낮은 건 없다는 이야기와는 확연히 차이가 나죠. 저는 비행 내내 이 사람, 저 사람에게 몰디브에서의 계획이 뭐냐고 물어봤습니다.

동료 1　　“나? 몰라....”

동료 2　　“글쎄....”

동료 3　　“넌?”

‘이런 식이라면 곤란해. 난 리더가 필요하다고! 날 스노클링 또는 리조트 섬으로 이끌어줄 계획이 확실한 리더!’

저는 기장님들 앞에선 부끄러움 많은(?) 승무원이지만, 마음 급한 사람이 저이니, 결국 기장님들께도 계획을 물어봤습니다.

나　　“몰디브에서 특별한 계획 있으세요? 많이 와 보셨잖아요. 무얼 하며 놀아야 할지 팁을 주세요.”

기장님　　“우리 스노클링할 거야.”

나　　“네?(신은 절 버리지 않았습니다) 저도 껴도 될까요?”

기장님　　“물론이지!”

야호!

다음 날 아침, 둥근 해가 뜨고, 날씨는 끝내주고 좋고, 몰디브를 위해 모든 것이 준비되었습니다. 룰루랄라! 호텔 바로 앞까지 마중 나온 스노클링 보트에 기장님과 부기장님과 그의 부인, 그리고 저까지 4명이 몸을 실었습니다.

배를 타고 한 15~20분 정도 달려 도착한 첫 번째 포인트에서 입수!

가이드 해주는 일본 아저씨와 저희 4명이 한 팀이 돼서 보트 주위를 쭉 수영해 갑니다. 첫 번째 입수에서 한 20분 정도 수영한 거 같아요.

몰디브의 바닷속이 굉장히 아름다웠습니다!

BEAUTIFUL WORLD, under the sea!

스노클링이든 스쿠버 다이빙이든 뭔가 물고기로 가득한 물속에 있으면 마치 인어공주가 된듯한 느낌을 받아요. 그 기분이 너무 좋고, 묘해요. 마치 다른 세계에 온 듯한 느낌이랄까?

스노클링의 첫 번째 지점.

화려한 산호가 많지는 않은데, 물고기를 한 1,000마리는 본 거 같습니다. 다양한 색깔, 크기, 그리고 중간에 장어(?) 비슷한 긴 물고기도 발견했죠. 물이 차서 점점 몸이 추워질 때쯤 되자 보트가 저만치에서 우리 팀을 기다립니다. 잽싸게 올라가 몰디브의 따뜻한 햇살 아래 일광욕을 즐기며 얼었던 몸을 녹이니, 배는 어느새 두 번째 지점에 도착합니다.

전에 이집트에서 스쿠버 다이빙을 한 경험이 너무 커서인지, 다합과 비교해 몰디브가 더 멋지다는 느낌은 받지 못했었습니다. 그런데 '두 번째 포인트에서 글쎄, 상어를 발견했습니다!' 한 1m 정도 크기의 작은 상어, 그날 본 상어를 다 합치면 10마리도 넘을 거예요. 우리를 가이드 해주는 일본 아저씨가 먼저 상어를 발견하고 제 팔을 잡아당기며 상어가 있는 쪽을 가리켰습니다.

"와, 상어다! Shark!"

처음에는 그냥 멀리서만 지켜봤는데, 두 번째, 세 번째 상어를 발견하니 장난기가 발동해 상어를 따라갔습니다. 오리발도 꼈겠다. 수영 실력을 발휘해 보자는 마음으로 열심히 따라갔습니다. 역시 바다에서는 수영으로 물고기를 이길 수가 없죠. 한 마리를 놓치고 다시 대열에 합류하면 또다시 상어 등장! 또 뒤쫓기를 반복하다 보니 저만치에서 배가 우리를 기다립니다. 보트에 올라오자마자 너나 할 것 없이 상어 이야기에 신이 났습니다.

기장 "대단하던데? 상어 보면 도망가는 게 보통인데, 넌 쫓아가더라. 하하, 용감해!"

나 "제가 따라가는 거 봤어요? 여기 너무 좋은 것 같아요. 그렇죠? 따라오길 잘했어요. 여기 데려와 줘서 감사해요!"

기장 "맞아, 재미있었어."

신나게 스노클링을 하고 보트에 오르니, 세상 다 가진 사람처럼 너무 행복합니다!

마지막으로 스노클링했던 팀과 다 함께 단체 사진도 찍었죠. 중간에 젤 까만 사람이 우리 가이드 해준 일본 아저씨. 파란색 티를 입은 분이 기장님. 그 오른쪽은 잘생긴 부기장님과 그의 부인. 뒷줄 오른쪽에 서 있는 저까지!

몰디브 가는 비행 내내, 이번에도 글렀나 보다. 다음에 또다시 와야 하나 보다 슬펐는데, 다행히 몰디브에 와서 기대했던 걸 하고 돌아가니 기분 최고입니다. 그대여, 저는 이런 특별한 경험을 할 수 있는 이 직업에 점점 중독되어 가고 있습니다. 어쩜 이렇게 비행마다 즐거운 일들이 생기는지…. 특히나, 몰디브는 잊을 수 없는 TOP10 정도의 레이오버로 기억될 듯하네요.

다음엔 또 어딜 가서 어떤 이야기로 당신에게 편지를 쓰게 될까요?

이상한 남자

상해로 예정되어 있던 비행이 몇 시간 전 갑자기 자카르타로 바뀌었다. 괜찮아, 적어도 따뜻한 나라로 간다는 사실만으로도 난 흔쾌히 오케이였다.

자카르타로 가는 길은 참, 길다. 8시간 30분 동안 하늘을 걸어야 한다.

그런데 이번 비행에서 더 문제였던 건, 비행 전에 잠을 제대로 못 잔 거였다. 나는 로봇이 아니니깐, 자는 시간과 질을 조절하기 쉽지 않다.

나는 8시간 넘는 잠과의 싸움을 이겨내고, 자카르타 도착했다.

돌아오는 비행기 내에서 두고두고 잊지 못할 일이 발생했다.

'Story about asshole'

돌아오는 비행에 비즈니스 승객은 13명뿐이었다. 원래 만석이라면 퍼스트 8자리, 비즈니스 24자리에 손님이 타야 하지만, 통틀어 13명뿐이라니, 그야말로 널널한(?) 로드이다. 잠도 푹 자고 일어났겠다, 승객 수도 널널하겠다. 이보다 더 편한 비행은 없었다. 동료들끼리 삼삼오오 모여 퀴즈도 풀고(예를 들어, 알파벳 3개로 이뤄진 신체 부위 10개 찾기, 남아메리카 나라 이름 12개 맞히기 등등) 수다도 떨고 했다.

한창 이야기 중에 이코노미석에서 일하는 튀니지인 남자 동료가 옆에서 우리 이야기를 듣고 있다. 이런저런 이야기를 하면서 자연스럽게 그 남자도 함께 이야기하게 되었다. 자카르타 클럽 이야기, 튀니지의 관광 명소 이야기 등등 다양한 정보들이 오갔다. 이야기가 재미있었는지 이코노미석에 있어야 할 남자가 틈만 나면 비즈니스 쪽으로 온다. 보통은 자신의 포지션을 지키는 게 정석이다. 그러면서 이 남자가 하는 이야기가 이코노미석에서 일하는 동료들은 너무 지겹고, 그 동료들과는 이야기도 안 하고 웃지도 않을 거란다.

이상하다고 생각했다. 이코노미에서 일하는 승무원 중 특별히(?) 나쁘거나 모난 사람이 없었던 것으로 기억했기 때문이다. 그냥 이 튀니지인 남자의 행동이 좀 이상하다고만 생각했었다. 뭐, 그럴 수도 있지. 우리랑 하는 이야기가 재미있었을 수도…. I don't care.

어찌 되었건, 시간이 흘러 도하에 도착할 시간이 되었다.

내가 앉을 좌석이 이코노미석 제일 뒷자리라, 나는 일을 마치고 비행기 꼬리까지 걸어가 자리에 앉았다. "다들 수고했어! 이코노미 손님들 어땠어?"

오른쪽에 앉은 동료와 오늘 비행에 대한 짧은 소감을 이야기하고 있는데, 왼쪽에 앉은 인도네시아 동료가 머리를 부여잡고 너무 아프다고 한다.

'얼마나 아파? 괜찮아? 약은 먹었어?'

진통제를 5개나 먹었다고 한다.

아이고, 얼마나 아팠으면, 점점 인상을 찌푸리는 동료가 눈에 밟혔다.

그래도 이제 도하에 도착하니, 빨리 집에 가서 쉬라고 말해 주었다. 괜찮을 거라고….

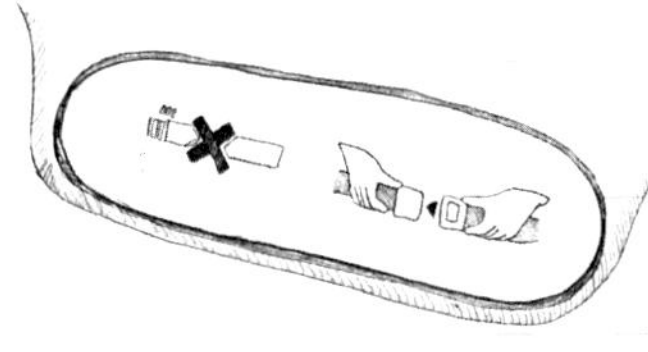

Welcome to Doha! 기내 방송이 시작되고 우리는 무사히 비행을 마쳤다.

안전벨트 표시등이 꺼지고 문이 열고, 사람이 하나둘 내리기 시작하는데, 쿵!

아까 머리가 아프다고 말했던 인도네시아 동료가 쓰러졌다.

Oh MY God! 나는 이 승무원을 흔들어 깨우기 시작했다. '정신 차려! 정신 차려!' 어깨를 흔들어도 반응이 없다. 옆에 있던 동료가 발을 45도 각도로 올렸다.

승무원은 밥만 주는 사람들이 아니다. 우린 전문 응급 처치를 배운 사람들이다. 그래도 처음 있는 일이었다. 내가 첫 발견자(환자의 곁을 지켜야 하는 사람)가 된 적은.

발을 들어 올리니, 정신이 조금 드는 듯 아이가 눈을 바르르 떨기 시작한다.

그러더니 머리를 부여잡고 소리를 지르며 아프다고 한다. 숨을 제대로 못 쉬는 것 같고, 토하려고 하는 것도 같고, 일단 산소 호흡기를 연결하고, 담요를 덮고, 아이가 정신을 놓지 않도록 옆에서 계속 마사지를 해 주었다.

"빨리, 의사 불러!"

다행히 그날 함께 비행한 부사무장이 쓰러진 동료와 같은 국적의 인도네시아인이었다. 아무래도 그런 상황에선 모국어로 의사소통을 하는 것이 효과적이다.

동료가 계속 고통을 호소하고 있는데, 승객들이 나가는 데 시간이 걸리고…. 그 사이를 비집고, 공항 내 의사들이 하나둘 도착했다. 의

사가 맥박수를 체크하더니, 크게 걱정할 상황은 아니라고 한다. 그 이야기를 들으니, 안심되었다. 휴, 다행이다.

어찌 되었든, 나는 나의 임무를 다했으니, 의사에게 동료를 맡기고 돌아왔다.

그 현장을 빠져나오는 길에 다른 동료들이 상황을 구경(?)하는 모습을 스치며 보게 되었다. 그 동료들 사이에 아까 우리와 이야기를 주고받았던 튀니지 남자도 있었다. 관망하는 자세로….

도움을 주지 않을 생각이라면(이미 의사가 도착했으니, 도움이 필요한 상황도 아니고), 자기가 해야 할 일을 하는 게 맞다고 생각한다. '너희가 맡은 자리 체크는 다 했니?'라고 말하고 싶었지만, 난 말없이 내 일 마무리를 위해 비즈니스석으로 돌아갔다.

남은 동료들은 일을 마치고, 재킷을 입고, 가방을 쌓고 있는데, 인도네시아 동료가 결국은 휠체어에 실려 의사와 함께 응급실에 가게 되었다. 동료들과 그 상황을 지켜보며 안타깝다는 이야기를 했다. 착륙하기 직전에도 머리 아프다는 이야기를 했다며…. 더 안타까운 건, 그 동료가 인도네시아에서 돌아오는 비행에서 이런 일을 겪었다는 거였다.

나 "휴, 잘 쉬고 와서 왜 그랬을까? 맞다! 그 승무원, 어제 호텔에 남자 친구가 온다고 하지 않았어?"

동료 "그 남자친구가 바로 저 튀니지인 남자야."

나 "뭐, 뭐라고? 누구?"

동료 "둘이 싸웠대."

나 "뭐? 아니, 그래도 그렇지...."

나는 정말 1초의 망설임도 없이 그 남자 앞에 가서 어깨를 치며 외쳤다.

"You are So BAD!"

내가 무슨 이야기를 들었는지 알길 없는 남자는 당황스러운 표정이었지만, 난 정말이지 화가, 화가 머리끝까지 났다. '뭐 저런 애가 다 있나. 아무리 싸웠건 뭐했건 자기 여자친구가 쓰러져서 응급차에 실려 가는데 옆에서 남 일이라는 식으로 구경만 해?!

미친 거 아니야? 미쳤지? 미친 거지? 미쳤어! 나쁜 놈이야. 아니야? 나만 흥분한 거야?'

비행기에서 버스를 타고 회사로 돌아오는 길에도 나의 분노를 쉽게 사그라지지 않았다.

나 "뭐 저런 인간이 다 있니? 저런 인간인 줄 알았으면, 아까 비행에서 난 한마디도 안 했을 거야. 정말 불쾌해!"

동료 "나도 저 남자한테 여자친구가 쓰러졌는데, 그렇게 구경만 하고 있을 거냐고 말하고 싶었는데, 말하지 않았어. 어쨌든 내 일도 아니고...."

나 "그래, 네 말이 맞다. 내가 뭘 말을 한들 들어먹을 인간이라면 애초에 구경만 하고 있지도 않았겠지.... 씁쓸해."

내 주위엔 여자들이 많으니깐, 여자들과 남자 이야기를 하면 참,

별의별 이야기를 듣게 많이 듣게 된다. 그 스케일이 20대 초반의 순수함과는 차원이 다르다.

그러면서 나는 스스로 더 굳은 결심을 한다. 그래, 남자에게는 조금의 기대도 가지면 안 된다. 그들은 내가 상식이라고 미덕이라고 믿는 것들을 짓밟는 존재들이다, 라고….

이런 이야기를 하면 주위에서는 또 다들 그런 건 아니다. 좋은 남자도 많다고 이야기하지만, 현실적으로 내 주위엔 내가 이렇게 간접적(?)으로 겪게 되는 일상의 남자들은 이 모양인 걸…. 하, 판타지를 믿으라는 건가?

둘이 사랑싸움을 해서, 떨어져 있고 싶다. 그래서 남자가 계속 비즈니스 쪽에 와서 우리 이야기에 껴서 시간을 보냈다. 그럴 수 있지, 그럴 수 있어. 이해한다.

그래도, 여자친구가 갑자기 쓰러졌다. 단순한 졸도가 아니고, 의사가 오고 응급실까지 갈 정도의 심각한 상황이 발생했다. 이런 상황이라면, 자신이 도움될 것 같지 않아도 여자의 옆을 지키지는 못한다면, 적어도 여자친구의 짐을 챙겨 준다거나, 걱정의 눈빛(?) 정도는 보였어야 하는 거 아닌가? Is she okay? 정도는 물어봐야 하는 것 아닌가? 내가 너무 큰 걸 기대하는 것인가? 이것도 다 나의 판타지인 것인가?

남자들만의 문제는 아니겠지, 신기한 여자도 못지않게 많은 세상이니깐,

우리 서로 그러지 말자! 최소한의 예의는 지키고 살자! 사람답게 말이야….

호찌민 *Hochiminh*

엄마와의 기막힌 만남

운 좋게 호찌민 비행이 3박 4일 일정으로 잡혔습니다. 실은 이번 비행은 엄마를 위해 특별히 신청한 비행이었습니다. 주변 승무원들에게 전해 들으니 호찌민이 음식도 맛있고, 가격도 저렴하고, 날씨도 좋아, 여행하기 좋다고 하더군요. 한국에서 호찌민까지 오는 비행기 편도 항공사별로(아시아나, 대한항공) 하루에 두 대씩 오가고 거리도 가까워 엄마가 혼자 오기에 부담 없을 것 같았습니다.

'좋았어! 엄마, 호찌민에서 봐! 몇 번 해 봤으니깐, 혼자서 잘 올 수 있지?'

언제부터인가 엄마로부터 지식을 습득하는 시기에서 벗어나, 엄마에게 지식과 자립심(?)을 키워 주려 궁리하는 저의 모습을 발견합니다.

이번 여행의 딜(Deal)은 이것이었습니다.

요즘 저의 일정이 이곳저곳 비행이 많아 호찌민에서의 3박 4일에 대한 계획을 세울 수 없으니, 엄마가 다 알아보고 하고 싶은 거 생각해 오면 함께하고, 안 그럴 거면 다음 기회에 여행하자고요.

주위 승무원들이 부모님과 여행하는 얘기를 들어 보면 모시러 가고, 모시고 오고, 여행 계획부터 비행기 표, 호텔, 맛집, 여행 코스 예약, 등등. 여행의 처음과 끝을 혼자 감당하더라고요. 참 그러면서까지 부모님을 모시고 다니는 승무원분들은 정말 효녀입니다. 진짜 엄청난 스트레스예요. 저희가 놀면서 일하는 것처럼 보이겠지만, 몸이 힘들 때는 끼니를 거르고 하루가 어떻게 지나가는지도 모르게 이불 속에서 빠져나오지 못하는 날도 허다하거든요.

그리하여 저는 이번 여행에서 엄마에게 여행의 동반자가 될 것을 권유한 것이죠.

여행은 준비하는 순간부터가 여행이라고 하잖아요. 여행 준비를 하며 '내가 며칠 뒤면 이곳을 가겠구나, 이런 음식을 맛보겠구나!'라는 상상만으로도 설렘 가득한 그 기쁨을 느껴 보게 하고 싶기도 했고요.

이유야 어찌 되었든, 여행을 엄청 가고 싶어하는 저희 엄마는 흔쾌히 저의 제안을 받아들였습니다.

동네 도서관에서 베트남 여행책도 빌려 보시고, 인터넷 카페도 가입하고, 블로그에서 맛집도 찾아 휴대전화에 저장도 하고.

선전 포고는 했지만, 저도 좀 알아봐야지라고 생각했었는데, 비행이 겹치고 겹쳐 결국은 호찌민에 대해 아무것도 모른 채 3박 4일 동안 엄마의 정보에만 의지해야 했답니다.

비행 당일

저희 비행기가 호찌민에 도착하는 시간과 대한항공 비행기가 착륙하는 시간이 비슷해서 비행 당일 호텔 로비에서 만나기로 했습니다.

비행 전까지도 너무 자신만만해 하는 엄마의 목소리를 들으며 왠인지 더더욱 불안해져 8시간가량의 비행이 어떻게 지나갔는지도 모르게 호찌민에 도착했습니다. 호텔에 도착해 버스에서 내리는데 호텔 유리문 너머로 방긋 웃으며 손을 흔드는 엄마의 모습을 발견합니다.

그제야 저의 괜한 불안감을 자책했습니다. 역시, 아줌마는 강하다.

너무도 평탄하게 진행된 여행의 시작!

호찌민은 말 그대로 모든 것이 다 저렴하고, 음식은 어디든 다 맛있고, 날씨도 화창하고, 사람들도 굉장히 친절하였습니다. 호찌민 정말 최고입니다.

특히나 겨울에서 여름으로 건너온 엄마가 호찌민을 참 많이 좋아하셨습니다. 역시 해외여행의 좋은 점 중 하나는 계절의 순간 이동이죠.

첫날 엄마가 알아본 '신카페'에서 메콩 강 투어를 일 인당 2만 원가량에 예약하였습니다.(보통 시내 여행 센터는 5만 원가량 하더라고요)

메콩 강 투어를 떠나는 날입니다.

신카페에서 메콩 강 투어를 예약해 두고, 다음 날 아침 8시 픽업 시간에 맞춰 신카페에 도착하니 많은 버스와 사람들이 출발을 기다리고 있었습니다.

저희뿐 아니고 대부분의 관광객이 다 한국분이시고, 그래서인지 현지인 가이드도 간간이 한국말을 하며 저희의 흥을 돋우시더군요.

처음에 1시간 40분가량 버스를 타고 메콩 강에 가면, 큰 배를 타고 메콩 강을 건넙니다. 간만에 배를 타니 엄청 신나더군요.

이번 투어를 하며 '사진 찍기'에 멋진 소품이 되어준 베트남 전통 모자! 버스에서 내리면 배타기 전에 현지인 아줌마와 아저씨가 저희를 상대로 모자를 파십니다. 한국 돈으로 3천 원 정도 했던 거 같아요. 바가지 안 씌우시고, 정찰제처럼 더도 덜도 안 받으시더라고요. 저희 그룹 중에서는 저만 이 모자를 샀답니다.

실은 이 모자를 사며 '직업'에 대한 중요성에 대해 다시 한 번 깨닫게 되었습니다. 3천 원이면 작은(?) 액수이지만, 왜 엄마들은 이런 걸 '쓸데없는 물건'이라는 이유로 소비하기를 꺼리시잖아요. 저는 두 번 생각도 안 하고 바로 사서 종일 엄청 잘 쓰고 다녔습니다. 제가 번 돈으로 사는 거니깐 엄마도 옆에서 잔소리가 없으셨지. 엄마 돈이었으면 두말할 필요도 없이 아웃. 지금 제 방 벽에 걸려있는 저 모자는, 다시는 쓰일 일이 없긴 하답니다.

중간마다 작은 상점에 들려 전통 방식으로 만들어지는 과자, 캐러멜, 꿀 등등을 맛보고 구입할 수 있는 시간이 주어져요. 물건을 사라고 강요하거나 안 산다고 눈치 주는 게 전혀 없었지만 그래도 많은 분들이 지갑을 여시더군요.

2만 원밖에 하지 않는 투어 비용에 점심 식사까지 포함되어 있습니다.

저희가 생각할 때는 왕복 3시간이 넘는 버스비만 해도 2만 원이 넘을 것이라 짐작되어 허술한(?) 점심 식사가 나올 것이라 예상했는데, 오 마이 갓! 맛있게 구워진 생선을 가지고 여직원이 테이블 앞에서 즉석에서 스프링 롤(Spring roll)을 만들어 주었습니다. 그리고 다음으로는 채소 볶음, 찜 등이 사이드 메뉴로 나와서 기대 이상의 푸짐한 점심 식사를 했습니다. 특히 저희 테이블은 자칭 '카타르 승무원 테이블'이라 정해진 듯, 9명이 함께한 큰 테이블에 우연히 기장님, 부기장님, 부기장님 남편, 승무원들 그리고 승무원의 엄마까지 함께 했습니다.

승무원 테이블인 만큼 기장님이 타조 알 모양의 추가로 주문해야 하는 음식까지 사주었답니다. 타조 알 모양의 음식은 겉은 누룽지 같고, 안에는 인절미 같은 게 들어 있어 엄청 맛있었어요. 다들 시켜

큰 강을 지나 좁은 강으로 연결되는 통로에 진입하니 선장님이 배의 속도를 줄이십니다. 그곳에서 포토 타임을 갖습니다. 뱃머리에 앉으면 가이드 아저씨가 사진을 찍어 주시죠. 현상해서 액자에 넣어둘 만한 근사한 사진 한 장! 왼쪽이 우리 엄마, 오른쪽이 바로 저!

놓고 한입씩만 맛보고, 특히 부사무장은 찐득거리는 인절미가 보기 이상하다며 맛도 보지 않았는데, 저희 엄마는 옆에서 어찌나 맛있게 드시는지. 나중에는 저걸 제가 계산해야 하는 게 아닌가 하는 생각까지 들었답니다. 상상이 되시죠?

맛있게 점심 식사를 마친 후, 오후 관광의 시작을 알리는 가이드 아저씨의 안내에 따라 다 함께 아담한 배에 몸을 실었습니다.

좁은 숲을 해치고 나오니, 저 멀리서 마차가 달려옵니다.

"마차까지 타는 거야? 뭐야, 이 투어 완전 어메이징이잖아! 엄마, 너무 좋다! 호찌민 최고야!"

그렇게 2만 원으로 아침 8시부터 밤 7시까지 저희에게 큰 기쁨과

배에서 내려 다음 관광지를 향해 가는 길. 수풀이 우거진 거리를 지나가는데, 그 좁은 길이 너무 예뻐 엄마한테 '혼자 숲을 산책하는 모습' 사진을 찍어달라고 부탁하고 선두로 뛰어가는 제 모습을 찍은 엄마. 저의 의도와는 달랐지만, 나중에 보니 설정 사진보다 이 사진이 더 마음에 들더군요. 역시 사진에는 자연스러움이 묻어나야 한다는 교훈을….

좋은 경험을 시켜준 신카페 메콩 강 투어. 마지막 피날레로 카누까지 태워 주었습니다.

다음 날, 엄마는 혼자 신카페에서 구찌 터널 투어까지 하고 오셨습니다.

그날도 다행히 한국분들도 많고 그중에서도 젊은 여자 두 분이랑 같이 다니셨다고 하니, 어디서든 즐길 줄 아는 아줌마는 대단하다.

엄마는 이번 여행을 통해 여행 준비하기는 물론 혼자 여행하기까지 마스터 하신 듯합니다.

이제 진짜 비행기 표만 주면 어디든 갈 수 있겠구나!

나이는 숫자에 불과하다! 우리 엄마 짱이죠?

얄궂은 항공사 할인 티켓

항공사 승무원의 가장 큰 해택, 제휴 항공사끼리 90%가 할인된 금액으로 티켓을 구입할 수 있습니다.

단, 손님이 다 타고 빈자리가 있을 때만 가능하죠.

타 항공의 티켓을 이용할 경우는 그 해당 항공사에 해당하는 직원, 직원의 가족이 다 탑승하고 타항공사 직원이 탑승하는 식으로 우선순위가 정해집니다.

이제 헤어져야 할 시간….

저희 항공사 비행기에 맞추어 엄마가 가야 할 항공편도 알아보았습니다. 짐을 싸고, 택시를 태워 엄마를 혼자 호찌민 공항에 보냈습니다. 그리고서 저도 짐을 싸고, 떠날 준비를 했죠.

픽업 시간 10분 전 '따르릉.' 호텔방으로 전화가 걸려 옵니다.

나　　"여보세요?"

엄마　　"엄마야! 대한항공 비행기에 자리가 없대. 아시아나는 자리가 있다는데, 아시아나 항공 비행기표 지금 살 수 있어?"

다급한 엄마의 목소리에 더 다급해지는 저의 마음. 이런 상황에도 아랑곳하지 않고 째깍째깍 가는 시간.

제가 떠나야 할 시간이 다가오고, 제 휴대전화로는 회사 홈페이지에서 비행기표를 살 수가 없었습니다. 상황이 급하니 이런 문제가 겹칩니다.

오로지 제가 그 순간 할 수 있는 거라는 것은 같은 회사에 다니는 친구에게 전화해 제 상황을 설명하고, 회사 사원번호와 비밀번호를 가르쳐 주고 떠나는 수밖에….

친구도 잠결에 컴퓨터를 켜고, 계속 로그인이 안 된다는 말만 하고,, 시간은 째깍째깍.

친구에게 한 마지막 통화에서 '나 픽업 시간 됐어, 나 간다. 울 엄마 운명은 네 손안에 있다.'라는 말을 남기고, 전 로비로 내려갔습니다.

다행히 호찌민 공항이 작아 저희 팀이 공항에 도착하니 엄마가 바로 보이더군요.

엄마 "할인 티켓을 못 사면 그냥 항공권을 사야 한대. 내일은 자리가 아예 없대."

이 무슨 운명의 장난이란 말인가요? 제가 오기 전 확인 했을 때는 아시아나는 자리가 없고, 대한항공만 9자리 있어서 대한항공 티켓만 샀는데,

갑자기 대한항공은 자리가 없고 아시아나만 있다니요…. 풀페이라니요….

호찌민-인천은 할인 티켓으로 10만 원이면 가는데, 풀페이로는 40만 원 정도 된다고 하더군요.

어찌 되었든, 선택의 여지가 없으면 어쩔 수 없고, 저는 일하러 떠나야 하는 상황이라 제 신용카드만 엄마 손에 쥐여 주고 저는 도하

로 떠났습니다. 비행을 시작하고 한 시간 쯤 지나, 화장실에 가서 휴대전화를 켜 보았습니다. 두 개의 문자가 와있더군요.

'띠링'

친구의 문자

'나 성공했어! 너희 어머니 표 샀어! 다행이다. 어머니 너무 걱정하지 말고 비행 잘해!'

'띠링'

카드 결제 문자

xxxx xxxx 400,000원 아시아나 항공 결제 완료

'흐음…. 그래, 괜찮아. 엄마는 비행기를 탄 거잖아. 무사히 한국에 가면 됐지…. 괜찮아.'

그런데 너무 안 괜찮은…. 왜 머릿속에는 제 돈 30만 원이 하늘에 휘날리는 이미지가 계속 연상되는 건가요? 나는 누구? 여긴 어디?

그래도 결론적으로는 엄마가 엄청 좋아했다는 것에 위안 삼으며, 이번 여행을 마무리하였습니다. 그리고 또 하나는 꼭 Back up 티켓을 구입하자는 교훈을 얻었죠.

그대여, 경험을 통해 지혜를 습득하는 것이 바로 삶이겠죠.

그 경험의 값이 때론 조금 비쌀 때도 있는 거겠죠? 괜찮다, 괜찮다, 괜찮다. 라고 말해 줄 당신의 목소리가 들리는 듯합니다.

라고스: 마음가짐의 중요성

호텔 방 창문 너머로 보는 라고스의 모습은 모순이라는 말이 어울린다. 으리으리한 이층집들에 둘러싸인 난민촌이 보인다.

며칠 전, 라고스에 또 갔다 왔다.

'라고스 하면 떠오르는 몇 가지 것들'

- 첫째, 무서운 곳(회사에서 안전상의 이유로 호텔 밖 출입을 금하는 곳)
- 둘째, 더러운 곳(호텔 수돗물을 틀면, 노란 물이 콸콸 흐른다)
- 셋째, 엄청 많이 먹는 흑인들이 사는 곳(비행기에 있는 모든 것을 먹어버림)

라고스 비행만의 특징 때문인지, 라고스는 승무원들 사이에서도 피하고 싶은 도시 TOP5 안에 드는 곳이다. 적어도 나에게는 그러하다. 비행이 힘들어도 도시 자체가 매력적이면, 치즈를 찾아 덫에 들어가는 생쥐처럼 나도 모르게 비행에 몸을 싣지만, 라고스는 힘든 비행을 끝내고 공항에 도착하면, 알 수 없는 냄새만이 우리를 맞이한다.

그리고 호텔로 가기 위해 타는 봉고차 앞뒤에는 경호차가 따라붙는다. 이 도시의 치안 상태를 바로 보여주는 예이다.

라고스 비행은 준비해야 할 물품도 많다. 일단은 1.5L짜리 물병 2

개(한 개는 마시는 용, 한 개는 씻는 용), 24시간 동안 허기를 해결해 줄 비상식량, 과자, 과일, 빵 등등, 책 두세 권, 얼굴을 닦을 수건도 따로 준비해야 한다.

다른 비행보다 더 철저한 준비를 마치고, 비행기를 탔다.

스, 스, 스…. 치아 사이로 바람이 새어 나오는 소리가 여기저기서 들린다. 이들이 우리를 부르는 소리다. 'Excuse me.'라는 단어는 누구도 쓰지 않는다. 이런 것으로 기분 나빠하면 안 된다. 아직도 엄청난 고난과 시련과 얼굴을 붉히게 하는 수많은 일이 기다리고 있으니까. 기본적으로 사람들이 참 크다. 이런 큰 사람들이 내가 먹는 것과 같은 양의 식사를 제공받고 배불러 할 리가 없다.

'스, 스, 스! Give me FOOD, one More FOOD!' 대부분의 사람들이 음식을 더 요구한다. 'Please.'라는 단어는 누구도 쓰지 않는다.

비행기에서는 한 사람당 한 개의 식사만 제공된다. 물론 몇 개의 여분이 준비되어 있기는 하지만, 몇 개일 뿐이다. 비행기 안에서 갑자기 음식을 만들어낼 수도 없다. 그러면 우리는 '마치 우리의 잘못인 마냥' 더 많은 음식을 주지 못하는 것에 대해 사과해야 한다. 승무원에게 준비되는 음식까지도 탈탈 털어 줄 때도 있다.

그다음은 술이다.

몸이 큰 흑인들은 술 배도 큰가 보다. 엄청 많이 마신다. 물도 그렇게까지는 못 마실 것 같은데, 화장실도 한 번 안 가고 맥주를 엄청나게 마신다. 승무원은 승객들의 음주량을 체크해야 한다. 비행 중 특히나 덩치가 산만한 흑인 아저씨가 술에 취해 언성이 높아지면, 작은 동양 여자들인 우리가 감당할 수 없기 때문이다.

본인들이 술을 잘 마신다고 자신만만하게 말해도, 지상과 비행기에서의 음주량은 큰 차이가 난다. 이런 걸 설명하면 듣지도 않는다.

'스, 스, 스! Give Me BEER! ONE MORE, ONE MORE….'

이러면 차라리 다 마셔서 이제 더 이상 없어라고 말하는 편이 쉬울 것 같아, 맥주캔이 얼마나 남았나 숫자를 세게 된다. 이런 과정을 거치면, 얼굴에 다크서클이 생기고, 눈이 핏줄이 올라온다. 라고스에 가는 비행에서 가지고 있던 에너지는 다 써버리고, 호텔에 도착해 18시간 숙면을 한 후, 그래도 풀리지 않는 피로를 안고 다시 도하로 돌아오는 비행기에 몸을 실었다.

같은 상황이 반복된다. '스, 스, 스!'

여차여차 식사 서비스가 끝나고 한숨 돌리며, 식사하는데, 부사무장이 나를 부른다. 한국 손님이 가방을 잃어버려 찾고 있으니 같은 언어를 쓰는 네가 가서 도와주라고 한다.

나	"손님, 가방 어디에 두셨는지 기억 안 나세요?"
아저씨	"내가 자리를 옮겨 다녀서 어디에 뒀는지 생각이 안 나. 내가 여기에 앉았다가 자리 주인이 오는 바람에 여기에, 그리고 저기에, 그러다 마지막에 여기에 앉았거든."

기내는 식사 시간이 지나면 자는 손님들을 위해 조명을 끈다. 그 캄캄한 기내에서 아저씨와 나는 손전등을 들고 기내의 거의 모든 짐칸을 열어 보았다.

그렇게 기내를 두 바퀴 정도 돌고 나서….

나 “손님, 생각을 좀 정리하시고 찾아보시는 게 좋을 거 같아요. 어디 두셨는지 기억이 전혀 안 나세요? 아니면, 이따가 착륙하고 기내에 불 들어오면 그때 찾아보는 게 더 쉬울 것 같아요.”

아저씨 “내가 가방에서 꺼내야 할 물건이 있어서 그래.”

나 “네….”

그리고 아저씨를 계속 따라다녔다. 그러다 결국, 원래 아저씨가 앉아계시던 그곳과 멀지 않은 곳에서 가방을 발견했다.

아저씨 “누가 내 가방을 재킷으로 가려놔서 못 봤네. 허허, 암튼 고마워.”

아저씨의 너털웃음 소리를 듣고서야 나는 다시 밥을 먹으러 주방에 갈 수 있었다. 밥은 차가워져 있었다. 밥맛도 사라졌다. 이런 일이야 뭐. 아무것도 아니다.

한두 시간이 지났을까. 아저씨가 화장실을 가시려고 주방 쪽으로 오셨다. 그래서 라고스에는 무슨 일로 오신지 먼저 말을 걸었다.

이렇게 우연히 아저씨와 이런저런 이야기를 하게 되었다.

아저씨는 몇몇 동행들과 함께 라고스에 기도회를 다녀오셨다고 했다. 나는(날라리) 기독교인이다. 관심 분야가 통해서일까? 아저씨와 대화를 이어 나갔다.

아저씨는 대전 교회분들과 함께 라고스에 ‘조슈아 목사님’ 예배에 참가하기 위해 왔다고 했다.

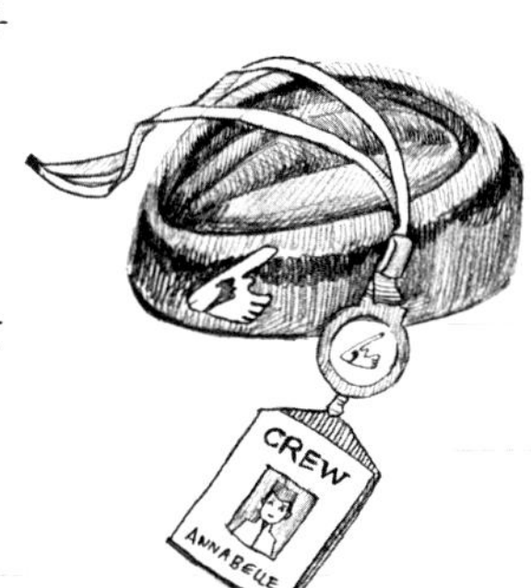

아저씨 "근데 아가씨는 어디 교회 다녀요?"

뜨악, 기습 질문이었습니다.

나 "흐음, 전.... 저희 엄마는 ○○ 교회 다니세요. 그러고 보니 엄마한테 그 목사님 얘기 들어본 거 같아요."

틈만 나면 전 세계 목사님들을 소개해 주는 엄마 덕분에, 나름 목사님에 대한 정보력(?)을 넓혀 가던 중이었다.

나 "혹시 그분이 한국에서 세미나도 하셨나요?"

아저씨 "맞아요, 그분이에요. 그 교회에서 세미나도 하셨었죠."

나 "엄마가 좋다고 말씀하셨던 기억이 나요! 와, 그분 말씀 직접 들으시려고 라고스까지 가시고 대단하세요. 그럼 교회 목사님 하고도 다 같이 오신 거에요?"

아저씨 "허허, 다 같이 왔지. 원하면 다음에 라고스에 올 때 내가 그 교회에서 예배드릴 수 있게 연락해 줄게요."

나 "와, 대박이에요, 대박! 다음에 가게 되면 꼭 연락드릴게요."

그리고 메모지와 펜을 드리고 아저씨는 자리로 돌아가시고 나는 또다시 힘겨운 비행을 더 이상 힘들지 않게, 아니, 얼굴에 웃음을 머금고 그렇게 해 나갔다.

참, 신기한 일이다. 라고스 비행은 참, 뭐랄까? 피 말리는 비행인데. 그런 비행이 단 몇 분의 대화로 설레는 비행이 되어 버렸다.

이것이 비행의 힘이고, 사람의 힘인가 보다.

이런 것 때문에 나는 자신 있게 '비행하는 것을 좋아한다.'고, '저는 승무원이 체질입니다.'라고 말할 수 있다. 아무리 힘들어도, 어떨 때는 손님 앞에서 어금니에 힘을 주고 웃어 보일 만큼 컨디션이 좋지 않은 날에도, 기대하지 않은 사람들에게서 힘을 얻는다.

그 힘의 크기는 생각하는 것 이상으로 크고, 단단하다. 그 힘이 나를 계속 이곳에 머물게 하는 것이다.

아무리 그래도, 당분간(꽤 오랫동안이라면 더 좋고) 라고스 비행은 안 받으면 좋겠지만, 그래도 새로 새긴 기억 속의 라고스는 '뜻밖의 선물'이라는 챕터에서 꺼내도 좋을 것 같다.

PS. 랜딩 직전, 아저씨에게서 건네받은 쪽지에서 아저씨의 정체가 그냥 아저씨가 아닌 교회 목사님인 것으로 밝혀졌다.
좋은 말씀 나눠주셔서 감사하다는 말씀, 가방 찾는 동안 뒤에서 투덜거리며 따라다녀서 죄송했다는 말씀, 앞으로 은혜 충만한 교회로 이끌어 가시길 기도드리겠다는 말씀을 못하고 헤어져 아쉬웠다는 말씀을 드리고 싶다.

퍼스Perth

오페어 일기

퍼스라는 도시는 저에겐 두말할 필요 없이 특별한 도시입니다. 처음으로 한국을 떠나 타지에서의 삶을 시작한 곳이기 때문이죠.

퍼스 비행을 가기 전, 그때 쓴 일기를 꺼내어 봅니다.

오페어 생활에서 만난 가족.

3개월간의 짧은 오페어 생활

'오페어'라는 의미조차 몰랐던 때가 엊그제 같은데, 벌써 오스트레일리아 퍼스라는 땅에 도착해 오페어 생활을 마무리한 지 석 달이 되어간다. 사전적 의미의 '오페어'라 함은 서로의 문화와 언어를 교류하기 위해서 외국인 가정집에 머물며 생활한다는 것이지만, 여기 호주에서 '한국인'이 하는 오페어는 그 실질적 의미에 차이가 있는 것 같다. 우선 나는 남아프리카 공화국에서 오스트레일리아에 이민 온 지 3년이 조금 넘은 가족과 함께 살게 되었다.

아빠 스티브, 엄마 알렉스, 3.5세 조쉬아와 2살 다코타까지 알렉스 아줌마네 가족은 오스트레일리아의 지극히 평범한 중산층 가정집이었다. 아빠는 플라스틱병을 만드는 회사의 사장이고, 엄마는 전업주부이지만 가끔 남편 회사에 나가 일을 도와주었다. 두 명의 아이들은 일주일에 2번 유치원에 다니고, 나머지 날에는 놀이 학교를 찾아다니며 바쁘게 보낸다. 나는 그 집에서 아이들 돌보는 일, 집안일 등을 요구받았다. 일주일에 15시간(하루 3시간-주 5일)을 일하며, 무료 숙박, 무료 식사를 제공받는다는 것이 우리의 조건이었다.

평범한 하루의 일과는 이러하다.

- 6:00 기상: 아이들이 일어나는 시간에 맞춰서 같이 일어나야 함.
- 7:00 식사: 식사 준비는 알렉스 아줌마가 하지만, 뒷정리는 말하지 않아도 나의 몫?
- 7:30 알렉스 아줌마의 운동 시간: 30분 동안의 운동 시간 동안 나는 아이들과 놀아 주든, 나갈 준비를 돕든, 아이들 옆에 붙어 있어야 함.
- 9:00~11:30 집안일: 주방 청소, 바닥 청소, 방 청소, 화장실 청소 등등.
- 4:00~4:30: 알렉스 아줌마가 저녁 식사 준비를 할 동안 아이들을 돌봐 줘야 함.

형식적으로 이렇게 시간표가 짜여 있지만, 어린아이들이 나의 시간표에 대해 맞춰서 행동하는 것은 아니다. 말인즉, 정해진 시간표 외에도 나와 아이가 함께 집에 있으면 아이들과 놀아 줘야 한다는 것이다. 처음에는 '그 정도야 뭐, 같이 논다고 생각하면 되지.'라고 생각할 수 있지만, 하루 이틀이 지나면서 정해진 시간 외에는 그냥 집 밖을 나오는 쪽을 선택하게 된다. 이곳 생활이 익숙해져서인지 나는 이곳에서 조금씩 변화를 꿈꾼다. 알렉스 아줌마네 집 밖의 삶은 어떨까? 오늘은 쉬는 시간에 이력서 챙겨 들고 퍼스 시내를 돌아다니며 이력서를 돌려야겠다.

오랜만이야, 퍼스!

이곳은 저의 제2의 고향 같은 곳입니다.

2009년 처음으로 외국에서의 삶을 결심하며 떠난 첫 도착지, 그곳에서의 수많은 경험들이 지금의 저의 생각과 가치관을 갖는 밑바탕이 되어 주었던 곳입니다. 좋은 기억만 가득할 리 없는 '첫 외국생활'을 시작한 곳이니만큼 애증의 도시이기도 합니다. 다 옛날 일이지만요. 11월의 어느 날, 저는 퍼스에 승무원 유니폼을 입고 다시 찾았습니다. 발걸음 가볍게! 누구 하나 금의환향하는 사람 없지만, 비행기가 퍼스 국제공항에 착륙하는 그 순간부터 저는 설레기 시작했습니다.

'오랜만이군요, 퍼스!' 만감이 교차하는 마음을 가지고 퍼스행 비행기에 몸을 실었습니다.

무서운 선배님들과의 저녁 식사

이런 일이 거의 없는데, 워낙 최근에 한국인 승무원이 부쩍 늘어나서, 승무원 분포도가 비즈니스 승무원보다는 이코노미 승무원이 훨씬 많습니다.

그런데 이번 비행에서는 비즈니스 한국인 승무원 세 분, 이코노미 한국인 승무원은 저 혼자뿐이었어요. 브리핑에서 간단히 인사를 한 것 외에 비행 중에는 거의 한마디도 하지 못하고 11시간이 흘러갔습니다.

비행이 끝나고 호텔로 가는 버스 안.

선배님 1	"아나벨 씨, 우리 한국 식당 갈 건데 같이 갈래요?"
나	"네, 좋아요.(생각도 안 하고 말해 버렸습니다. 아뿔싸!)"

실은 비행 중, 이코노미에서 일하는 승무원들과 호텔에서 뷔페 먹기로 약속을 해놓은 상태였습니다.(이것도 생각하지 않고 Yes! 하고 약속해 버렸죠)

호주 시간으로 7시쯤 도착한 터라, 밥을 먹으면 바로 자야 할 시간일 텐데 소화가 잘 안 될 것을 생각해 뷔페 약속도 깰 계획이었습니다.

'두둥.' 호텔에 도착하고 저희는 시니어리티(사번이 높은) 순서로 방 열쇠를 받습니다. 그분들은 먼저 방 열쇠를 받고 15분 후에 로비에서 만나자는 이야기를 남긴 채 먼저 방에 올라갔습니다. 저는 그다음, 다음, 다음…. 그리고 그다음 사람까지 기다리고 부랴부랴 방 열쇠를 받아 방으로 올라갔습니다.

5분, 10분… 아…. 그래도 늦으면 안 된다는 생각에 옷을 벗어 던지고 헐레벌떡 로비로 내려갔습니다.

역시 평상복으로 갈아입으니 한결 아리따운 모습으로 등장한 선배님들….

우리는 퍼스의 한 한국 식당으로 향했습니다. 퍼스에 언 7~8개월을 살았지만, 한국 식당을 가본 적이 없었습니다. 승무원으로 2년을 일했지만, 세계 어디를 가도 한국 식당을 가본 적이 없었어요. 한식을 해외에서 먹는다는 것 자체가 왠지 모르게 손해 보는 느낌이라 그냥 안 갔었는데, 처음으로 한국 식당에 한국 승무원과 함께 갔습니다. 이것만으로도 저에게는 빅이슈! 선배님 중 한 분이 메뉴판에서 이것저것 시키시고, 맥주와 소주를 시키셨습니다.

선배님 1　　“아나벨 씨는 술 마셔요?”

나　　“아니요.”

선배님 2　　“못 마셔요? (섭섭…) 한 잔도?”

나　　“한 잔은 마셔요.”

맥주잔에 한잔 따라 주시고, 앞에서 맥주와 소주를 섞으시는 선배님의 모습! 와우, 맥주랑 소주를 섞는 것은 눈앞에서 처음 본 것 같습니다.

‘아, 진짜 누구의 강압에 의해서가 아니고 정말 마시고 싶어서 섞어 먹는 사람들이 있구나. 아, 신기하다. 와!'라고 속으로 생각했죠.

그렇게 이것저것 시킨 메뉴들이 한 상 거하게 차려졌습니다. 음식은 생각보다 엄청 맛있었습니다.

퍼스의 '한국 식당은 진짜 한국 식당 맛이구나! 대박이네.'라고 속으로 생각했습니다. 음식을 먹으며, 선배님들의 이야기가 시작되었습니다.

'와, 이런 일이 있었구나, 아, 저분은 저런 분이시구나. 와, 저런 일을 저렇게 생각하시는구나. 아, 회사에서 이런 일이 있었구나.'라고 속으로 감탄하며 들었습니다.

선배님 1 "아, 아나벨 씨 진짜 안 마시는구나(섭섭…)"

나 "아….(꿀떡꿀떡)"

한두 시간 동안 우리는 식탁에 있는 모든 음식을 다 먹었습니다.

다들 엄청 마르셨는데, 엄청 잘 드셨습니다. '다들 어떻게 저 몸매를 유지하는 거지?'라고 속으로 궁금해 했죠.

선배님 1 "아나벨 씨는 왜 말을 안 해요? 원래 말이 없어요?"

나 "아, 아니에요. 말씀하시는 거 재미있게 듣고 있어요."

함께하는 동안 다들 아우라, 포스, 기가 엄청 느껴졌습니다. 그래서 한마디도 하지 못했습니다. 그래도 참 좋은 시간이었습니다. 식사를 마친 후, 이렇게 생각했습니다. 다 함께 배를 뚜들기며 호텔로 돌아가는데, 선배님 중 한 분이 술을 더 마시고 싶다고 하십니다. 가는 길에 바가 보였습니다.

선배님 1 "들어가고 싶으면 들어가."

선배님 2 "아니야, 난 상관없어."

선배님 3 "아니야, 나도 상관없어."

선배님 1 "아니야, 가고 싶은 사람은 가고...."

선배님 2 "아니야, 난 다 상관없어."

이런 얘기를 주고받다가 결국 다 함께 바에 들어갔습니다.

자리를 맡고 있으라고 하시고는 두 분이 먼저 주문을 하러 카운터에 가셨는데, 제 것까지 사주셨습니다.

우아, 레이오버 와서 한국 선배님이 처음 사주시는 것!(더치페이 문화가 지배적인 회사에서 처음 겪는 일)

그리고 또 이야기가 시작되었습니다.

저는 아까와 마찬가지로 '와, 이런 일이 있었구나. 아, 저분은 저런 분이시구나. 와, 저런 일을 저렇게 생각하시는구나. 아, 회사에서 이런 일이 있었구나.'라고 속으로 감탄하며 들었습니다.

선배님 1 "그거 맛있죠? 일부러 도수 낮은 거로 시킨 거예요. 호호."

나 "아, 네. 맛있어요. 감사합니다."

술은 맛있긴 했어요. 달콤한 레몬 맛이 나는 맥주였습니다.

무서운(?) 선배님이 사주신 술이니 다 마셔야 한다는 혼자만의 압박감에 그분들과 리듬을 맞춰(엄청 빨리) 마셨습니다. 그렇게 저의 주량인 맥주 한 잔을 넘겨, 무려 두 잔이나 마셔 버렸습니다. 이것이 바로 문제의 발단!

이런저런 이야기를 하다가, 아니, 듣다가 한 시간가량 지나니, 웨이터가 우리 테이블로 와서 이제 문 닫을 시간이라고 합니다. 그대여, 제가 정녕 술을 천천히 마시든가, 말을 많이 해서 소화를 시켰더라면, 지금보단 더 양호한 상태였을까요?

이야기에 끼어들지 못하고 고개만 끄덕이던 저는 결국 취해 버렸습니다. 그래도 이제 호텔에 가서 자면 된다. 괜찮다, 라고 혼자 생각하고 위로합니다.

선배님 1	"어머머, 저기 뭐야. 저기는 아직까지 열었네. 아쉬운데 한 잔 더 할까? 싫으면 그냥 들어가고."
선배님 2	"아니야, 난 상관없어."
선배님 3	"나도 상관없어."
선배님 1	"아니야, 가고 싶은 사람은 가고...."
나	"네? 술을 또요? 저는 이만 들어가 보겠습니다."
선배님들	"그래? 그래요, 그럼. 잘 들어가요."
나	"아, 네. 즐거운 시간 보내세요."

호텔로 돌아오는 길. 터벅터벅 아니, 총총총…. 빠른 걸음으로 술에 취해 저를 노려보는 사람들 사이를 걸었습니다. '이렇게 결국은

혼자 올 거 였으면, 처음 맥주집부터 따라가는 게 아니었는데…. 가는 길도 이렇게 음산한데 혼자 보내고…. 의리 없네.'라고 혼자 중얼거려 봅니다.

아하! 갑자기 큰 깨달음!

그런 거였던 거구나. 처음 버스에서부터 그냥 물어봤던 거였구나. 그냥 예의상 한국인이니깐 물어봤었구나. 내가 눈치 없이 따라간다고 했던 거구나.

그랬구나…. 첫 맥주집에서 '가고싶은 사람은 가고'라는 말이 나를 지칭해서 한 말이었구나. 그런 거였구나. 내가 눈치 없이 붙어 있었던 거구나. 그래서 두 번째 내가 간다고 했을 때, 1초의 간격도 주지 않고 '잘 가요.'라고 말한 거였구나.

호텔까지 돌아오는 5분도 안 되는 길에서 저는 오늘 밤의 일들을 되새기며, 큰 깨달음 같은 것은 얻었습니다.

그리고… 혹시나 했는데, 역시나…. 저는 새벽까지 변기통을 부여잡고 신음하며, 한국 식당에서 엄청 비싸게 먹은 삼겹살과 여러 종류의 찌개들을 다 토해냈습니다.

그리고….

원래 계획했던 '퍼스 추억 여행'은 커녕, 제대로 눈을 뜨지도 못한 채 오후 늦게나 되어 바깥바람을 쐴 수 있었습니다.

아, 퍼스에서 나에게 무슨 일이 일어났던 것인가?

이번 경험을 통해 느낀 점&배운 점이라면….

낄 자리인지 안 낄 자리인지를 잘 판단하고 따라가야 한다는 것, 하나!

술을 권한다고 마시는 것이 아니라는 것(병난다), 둘!

외국에서 한국 식당은 진짜 다시는 안 가야겠다는 것(엄청 비쌌음), 셋!

원래 계획한 대로 움직여야 한다는 것(퍼스 추억 여행하러 또다시 가야 함), 넷! 그래도 뭐 좋은 시간이었습니다. 지나면 항상 추억으로 남는 법이죠. 아름답게 미화된 기억.

PS. 혹시 이 글을 읽고 (무서운)선배님들이 본인들이 아는 사람이라고 예상되어 보여 주면, 전 또 슬퍼지고, 무섭고….

이렇게 퍼스 이야기가 끝나면, 섭섭하겠지만 승무원의 장점이 뭐겠어요?

우리에게 다음이 있다는 것! 다음에 가게 될 퍼스 이야기, 기대해 주세요.

끝나지 않은 퍼스 이야기

보통 승무원들이 삼삼오오 모여 비행이 끝나고 술 한잔하러 나간다고 하면, 저는 술을 못한다며 슬슬 피했었지만, 퍼스에서 만큼은 아무리 피곤해도 쉽게 잠들지 못할 것을 예감했기에, 다 함께 모여 술 한잔하러 가는 모임에 동참하였습니다.

대부분의 비행 후 풍경이 이러했는지는 모르지만, 오랜만에 함께한 동료들과의 시간이 참 좋았습니다. 10시간 비행을 마친 사람들이라고는 믿기지 않을 만큼 모두들 활기 넘치는 모습이었습니다. 함께 있는 기장님들은 우리에게 계속 '너희 카타르 승무원 같지 않아.'라는 말로 우리를 놀려댔죠. 우리 회사에서 일하는 사람이라면 그 말을 속뜻을 쉽게 알아차릴 것입니다. 그만큼 우리는 그 시간을 마음껏 즐겼습니다.

저도 질세라, 탄산수 한잔에 용기를 내 나사 하나 풀어 제치고 신나게 놀았습니다.

동료 "너 보통 한국 아이들하고 다른 거 알지?"

나 "하하, 내가 그래? 나 퍼스 공기에 취했나 봐."

3명의 기장님과 12명의 승무원들은 인종도 참 다양했습니다.

영국, 체코, 독일, 인도, 호주, 한국, 스페인, 루마니아, 태국, 필리핀 등등.

얼큰하게 취한 우리는 'One team'이라 외치며, 조용한 퍼스의 거리를 활보했습니다. '퍼스, 내가 왔어! 내가 친구들을 데리고 이렇게 다시 왔어!'

다음 날 아침 퍼스는 저를 눈뜨게 했습니다. 꽤 늦게 들어와 잠든 거 같은데, 아침 7시가 되니 눈이 번쩍 떠졌습니다. 그때는 퍼스가 날 깨웠다고 확신했었지만, 지금 생각해 보면 이곳에 가기 일주일 전 한국에서 마늘 주사를 맞고 온 효과 때문이라는 생각이 더 그럴 듯해 보입니다. 피곤해 지친 그대여, 마늘 주사 한번 맞아 보세요! 참 좋은데… 어떻게 설명할 길이 없네!

'프리맨틀(Fremantle)'에 가야지!

옛날의 그 기억을 추억할 겸, 그곳에 가서 제대로 된 피시 앤드 칩스(fish&chips)를 먹을 겸! 퍼스역을 시작으로 저의 작은 여행 속의 여행을 시작하였습니다.

많이 변한 듯하지만, 그래도 옛 모습을 많이 간직하고 있는 퍼스역.

전철역에서 30분 정도 옛 추억에 잠긴 채 창문 넘어 풍경을 바라보니, 벌써 프리맨틀역에 도착! '이곳은 참 변한 게 하나도 없구나. 이 길을 지나면 이런 길이 나왔었지. 아… 있구나, 있어! 가게도 다 그대로인 듯하구나.'

프리맨틀 하면 생각나는 프리맨틀 마켓이 주말 시장이었다는 걸 기억하지 못한 건, 저의 실수였습니다. 굳게 닫힌 문을 보고 있으니, 할머니 한 분이 저를 보며 내일 다시 오라고 하십니다. '할머니, 저 오늘 밤에 떠나요.' 다시 발걸음을 옮겨 항구 쪽으로 가보았습니다. 색색의 배들이 정박되어 그 멋을 더하는 곳, 프리맨틀의 항구 모습 변한 게 하나도 없습니다. 옛날 옛날에도 이곳을 봤을 때 얼굴에 미소가 번졌었는데, 그랬었는데…. '아, 다시 오니 참 좋다.' 프리맨틀에서 바다를 바라보고 먹는 피시 앤드 칩스라니! 따끈따끈, 바삭바삭! 바로 이 맛입니다.

그때 시간이 오전 10시. 아침에 일찍 나오며 아무것도 안 먹은 터라, 점심 대신 브런치로 먹게 된 셈이 되었죠.

맛있게 식사를 마치고, 다시 시내 쪽으로 발길을 돌렸습니다.

그리고 저는 'best of the best 카페'를 우연히 발견하였습니다. 카페 이름이 'best of the best'가 아니고, 제가 가 본 '최고의 카페'라는 뜻입니다.

카페를 발견하기 전, 저는 카페 옆에 위치한 레코드숍을 먼저 발견하였습니다.

화창한 날씨와 딱 어울리는 재즈 음악에 이끌려 저도 모르게 이곳에서 멈춰서 버렸죠. 재즈가 이런 화창한 날씨에도 어울리는 거였구나. 어쩜 이렇게 좋을 수 있지? 음악을 더 들을 생각으로 바로 옆에 있는 카페에 자리를 잡았습니다.

'Cappuccino Plz! im gonna seat outside!'

화창한 하늘&살랑이는 바람&깊은 선율의 재즈&맛있는 카푸치노 한 잔! 그리고 이곳이 호주라는 사실! 환상의 조합이었습니다.

'I am so lucky.'

카페에 앉아 호텔에서 챙겨 온 메모지와 펜을 들었습니다. 그리고 이것저것 보이는 것들을 그리기 시작했습니다. 문득 고개를 드니 앞 테이블에 앉아 있는 아저씨가 눈에 띄었다. 그리고 잠깐씩 눈을 들어 아저씨를 보니, 곧 아저씨의 정체를 알 수 있었다. 아까 갔던 레코드숍의 주인아저씨.

'저 아저씨 또한 참 축복받은 사람이구나. 매일 좋은 노래와 함께 이곳에 있으니, 참 낭만적인 직업이다.' 저도 나중에 저렇게 나이가 들면 레코드숍과 커피숍을 함께 하는 중년의 모습을 상상해 봅니다.

호주에 다녀와 옛날 사진들을 찾아보았습니다.

퍼스에서 찍은 사진들이 벌써 5년 전 일이라니, 많은 게 변한 듯하다가도 변한 게 없는 듯…. 그대여, 전 지금 당신에게 글을 쓰면서도 옛 추억에서 헤어 나오질 못하고 있습니다. 당신에게도 이런 추억이 있으신가요?

위쪽 사진은 2009년도에 찍은 사진이고, 아래쪽은 이번에 가서 찍은 사진이에요.
오랜 시간이 지났다고 생각되지만, 저 빨간 버스만큼은 변한 것 없이 그대로군요.

PART 02

차마 편지에는 쓰지 못하는 이야기

이별에 대처하는 자세

초등학교 학창 시절, 1학년에서 2학년으로 바뀌고, 2학년에서 3학년으로 바뀌고. 숫자만 바뀌는 것이 아니라 함께하던 친구들이 통째로 바뀌었다. 그 시절 받았던 충격이 아직도 가슴 어딘가에서 응어리져 있다.

사람은 어느 문제 상황이 닥쳤을 때, 그 상황을 자기 안에서 어떻게 풀어내고, 소화시키고, 결국은 자신이 가장 최상이라고 느끼는 해결책을 스스로 생각하기 마련이다. 여기서 중요한 것이 바로 '자신이 생각하는 최적의 방법'으로 문제를 풀어내는 것인데, 시간이 흘러 그때의 그 방법이 진정 '최상의 방법'이었는지를 되묻는다면, 글쎄…. 라고 대답하는 경우 또한 태반일 것이다. 그 나름대로 최상의 방법에서 더 나아가 누구나 동의할 수 있는 방법(진정 최상의 방법)을 찾아내는 힘이 연륜에서 온다고 생각한다.

어릴 적, 아직도 생생하게 기억나는 이별에 대한 나의 해결책은 새로 사귀는 친구에게 이별해도 안 아플 만큼의 정만 주자는 것이었다.

잃는 슬픔을 더 이상 느끼고 싶지 않은 어린 시절 나의 단순하고도 극단적인 해결법이었다.

친구들과 만나고 이야기하고 깔깔거리며 놀다가도, 문득 '우리가 헤어질 날이 앞으로 고작해야 1년이구나.'라는 생각이 뇌리에 스쳤다.

시간이 흘러 초등학교에서 중학교로 학교 자체가 바뀌는 과정을 통해 사람을 포함한 정들었던 모든 것들과의 대대적인 이별을 경험하며, 나는 나조차 인식하지 못하는 사이 내가 만들어낸 극단적 해결책의 강도를 점점 높여 나갔다.

아무리 정을 안 주려 해도, 실은 그것조차 쉬운 일은 아니다.

함께했던 사람들, 익숙해진 공간, 환경, 음식…. 그 모든 것에 나는 정들어 버리곤 했다. 그러면서 어느 순간, 잠자리에 들다 옛날 옛 친구들, 자주 가던 떡볶이집, 내 모교, 그곳에서 내가 자주 앉던 나무의자를 생각하면 옛날의 그 상처받은 응어리가 점점 단단해져 갔다.

'카타르에 오던 첫날', 새로운 사람들과의 만남이나 인연에 대한 기대는 전혀 없었다.

비행기 탑승을 기다리며 혼자 노트북에 글을 쓰고 있는데, 세 명의 예쁜 승무원들이 말을 걸었다.

회사의 시스템에 대해 전혀 모르던 나는, 승무원의 자질을 갖춘 승무원들이 무뚝뚝한 나에게 과잉 친절을 베푼다고 생각했지만, 실은 그 승무원들이 '동기'라는 이름으로 트레이닝 기간 동안 한 배를 타게 될 것을 인지하고 Ice break를 한 것이라는 것은 다음 날 회사에 도착해서 알게 되었다.

첫날 도하에 도착해 우리는 회사로부터 집을 배정 받았고, 소정의 '환영금'을 받았고, 또한 20명의 동기와 선생님을 갖게 되었다.

물론 20명 정원 중 다양한 국적의 사람들과도 함께 동기가 되었지만, 같은 언어를 쓰는 공동체의 힘은 우리를(인천 국제공항에서 나에게 인사를 건네준 승무원들) 더욱 단단하게 묶어 주었다.

타지에서 처음 '승무원'이라는 직업을 접한 우리들은 모든 것이 새로웠고, 알아 가야 할 것들 투성이었다. 얕은 지식을 서로 공유하며,

말 그대로 하루하루를 서바이벌 해 나갔다. 하루가 지나면 한 명의 집 거실에 모여 일과를 묻고, 답하고, 공감하며(물론 여자들의 수다에 음식이 빠질 수 없는 법) 그렇게 보냈다.

그렇게 어느덧 2년하고도 몇 개월이 지났다.

역시나 만남은 이별을 예고하는 법…. '나름대로 한정적인 정'을 공유하던 동기 중 한 명과 이별하는 날을 맞이하게 되었다.

동기와 친구의 중간쯤 되는 관계를 유지하던 동갑내기.

회사와 우리가 사는 이 도하라는 도시의 특성상. 우리는 가족보다 친해질 수도, 남보다 더 멀어질 수 있었다. 그 친구와 나는 그사이 어디쯤 서 있었다. 정 많았던 그 친구는 '우리'라는 말을 많이 하며 다정하게 대해 주었지만, 적어도 나는 그렇게 생각했다. 우리가 섣불리 '우리'가 될 수 있는 건가?

너와 나는 참 일시적인 삶을 공유할 수밖에 없고, 너는 언젠가(그 아이의 계획상) 제법 빠른 시일 내에 이곳을 떠날 궁리를 하고 있지 않냐고.

그 친구가 도하를 떠나는 마지막 날, 운명의 장난이었을까? 나만 시간이 맞아 그 친구와 단둘이 시간을 보내게 되었다.

그 아이는 마지막으로 회사에 갔다가 근처에 쇼핑몰에 가서 은행 관련 업무를 봐야 한다고 했다. 나도 그 아이를 따라 쇼핑몰에 갔다. 평소와 다름없이 밥을 먹고, 수다를 떨고, 장도 보고, 집에 와 커피도 마시고, 또 수다도 떨고, 그러면서 그 친구는 마지막 짐을 싸고 있었다. 짐을 싸는 거야 우리에겐 일상 같은 일이니깐 그때까지만 해도 '그래, 가네. 그런데 실감은 안 나네.'라는 무미건조한 감정을 가지고 있었다. 시간이 점점 다가와, 미리 예약해 놓은 택시 기사가 숙소에 도착했다는 연락을 받았다.

'이제 이별이구나. 잘 지내고, 한국에 가면 만나자!'

그 친구를 처음 만났던 2012년 그때부터, 나는 이러한 상황을 예감하였다. 그리고 나름 완급을 조절하며 내 감정을 다스렸다. 그런데 역시 이번에도 실패인 듯하다. 나는 그 친구에게 정을 느끼고, 이별에 대해 아쉬움을 느끼고, 아픔도 느꼈다.

차 안에서 손을 흔드는 그 친구를 보며, 안녕이라는 말을 계속 반복하며, 나는 우리의 헤어짐을 슬퍼했다. 나름대로 나는 참 강하고, 차갑고, 독립적인 사람이라 지칭하며 꿋꿋하게 타지 생활을 해왔다. '원래 인생은 혼자야!'라는 이 말이 마치 내 인생 앞에 붙여지는 수식어처럼 나는 그렇게 잘 해왔다.

처음부터 아무것도 없었으면, 잃는 두려움 또한 존재하지 않는다. 나는 아무것도 없다고 생각했지만, 실은 무언가 있었나 보다.

그리고 문득, 카타르에 대해 생각해 본다.

나도 언젠가 저 친구처럼 이곳과도 이별이라는 것을 해야 할 날이 올 텐데. 그때 나는 또 한 번 거대한 이별을 경험해야 하는구나.

어차피 마음을 안 주려 노력해도 쌓여가는 마음이라면, 나는 더 많이 더 깊이 카타르를 사랑하고, 이 직업을 사랑하고, 내가 만나는 경험하는 모든 것들을 뜨겁게 사랑해야겠다. 그리고 마지막에 크게 한번 아파하고 말아야겠다. 그렇게 나는 조금 더 성숙한, 아픔을 대처하는 새로운 해결책을 생각해 낸다.

12월

자화상
pencil on paper by Annabelle Yoon.

맨발로 걷는 방바닥에 부쩍 한기가 느껴지고… 잡생각이 많아지고… 아무것도 하기 싫고… 침대에 누워 한국 예능프로만 보게 되다가도… 어느 순간, 그런 내 모습에 순간 놀라 다시 침대에서 나오면 적막한 방 안에서 나에게 동기부여 시켜 줄 그 무엇의 소일거리도 찾지 못한다.

다시 노트북 화면에 달라 붙어 앉아, 인터넷 포털 사이트를 두루두루 둘러보고… 또다시 무언가 한국 예능프로에 업데이트된 것이 없나 다시 한 번 확인하고… 또다시 잠이나 잘까 생각하다가도 거울 속에 비친 무기력한 내 모습에 또다시 놀라며 나의 무표정한 얼굴 속에서 이내 쓸쓸함을 읽어낸다.

날씨가 사람을 이렇게 만드는 것인지, 연말이 사람을 이렇게 만드는 것인지, 옆에 멍멍거리는 강아지라도 한 마리 있었으면 좋겠는데….

우울증

몇 주 정도? 아니 한 달 정도? 정확히 언제부터라고 말할 수는 없지만, 몸에 기력이 없고, 눈을 뜨고 있는 순간은 항상 피곤하고, 자주 아프고, 멍하고, 배가 고프지 않아도 계속 음식을 먹는 일이 반복되었다. 그렇게 산 사람 같지 않게 지내다가 얼마 전 '내 몸과 정신에 이상이 있는 것이 아닐까?'라는 자각을 하게 된 사건이 일어났다.

2월 12일 카타르 항공사에서 가장 긴 비행인(15시간 이상) 휴스턴이 일정에 잡혔다. 비행을 가기 전 내가 잠을 너무 오래 자서 멍한 것인지, 하나도 안 자서 정신이 없는 것인지조차 헷갈려 하며 비행기에 올랐다. 마치 몽유병 환자처럼 정신은 잠을 자는 채, 손과 발이 기계적으로 움직여 여차여차 긴 비행을 해내고 호텔에 도착했다.

호텔에 도착한 시간이 대략 오후 6시 정도, 근처 마트에서 2박 3일 동안 먹을 음식들을 잔뜩 사다 놔야겠다 마음먹고 초밥 2인분, 치킨 1인분, 과자, 우유, 초콜릿 등등을 샀다. 그리고 마트 문을 나오는 순간부터 닭 다리를 뜯기 시작했다. '10분 정도 걸리는 호텔까지의 거리를 참지 못하고 먹는다.'라는 생각을 할 겨를도 없이 그렇게 2~3개의 치킨 덩어리를 먹으며 길을 걸었다.

호텔에 도착하여 겉옷을 벗기가 무섭게 나는 초밥 2인분을 먹고, 과자를 먹고, 우유를 마시고, 그리고 샤워도 못한 채 잠이 들었다. 아무리 늦게 잤다고 가정하여도 대략 9시 정도…. 그리고 다음 날 아침 7시에 눈을 떴다.

호텔에서 근처 쇼핑몰까지 운행하는 셔틀버스의 첫 시간이 10시라는 것을 인식한 후, 조금 더 자야겠다는 생각에 다시 눈을 감았다. 그리고 그날 오후 6시에 다시 눈을 떴다. 잠들었을 때 분명 밤이었는데, 눈을 뜨니 다시 해가 지고 있다. 그리고 정신을 차리니 밖이 어둡다. 그렇게 하루가 없어졌다.

더 늦기 전에 다시 마트에 가서 밥을 사와야 한다는 생각에 부랴부랴 밖을 나섰다. 그리고 이번에는 볶음밥과 스파게티를 사가지고 들어왔다. 언제부터 '두 번 먹겠다.'는 생각에 2인분의 음식을 사가지고 와서 한 번에 다 먹어 버리는 습관을 갖게 되었는지, 나는 그것을 또 다 먹어버리고 다시 잠들었다. 그래도 불행 중 다행히 이번에는 샤워를 하고 텔레비전 리모컨 버튼을 몇 번 돌릴 정도의 기력은 있었다. 다음 날에는 낮에 꼭 밖을 나가리라 다짐하며 알람까지 맞춰 두었다. 그리고 거짓말처럼 또 깊은 잠이 들었다.

9시 20분에 알람이 울렸다. '아… 피곤하다. 더 자고 싶다.' 말도 안 되는 소리를 하며 알람을 끄려는 순간 스치는 생각. '나한테 도대체 무슨 일이 일어나는 거지?' 순간의 공포감은 지금 내가 어디에 있는지, 며칠인지, 몇 시인지, 모든 '정의' 및 '규정'들이 머릿속에 복잡하게 얽혀 풀리지 않았다. 그리고 차근차근 생각해냈다.

나는 지금 휴스턴이다. 휴스턴에 있는 호텔 방이다.

휴스턴은 UTC-6, 도하는 UTC+3, 한국은 UTC+9…. 그래, 그래서 지금 휴스턴은 아침, 도하는 오후, 한국은 저녁인 건가?

오늘이 도하에 돌아가는 날인가? 호텔 리셉션에 확인해야겠다. 도대체 몇 시간을 잔 거지?

예전에 텔레비전에서 봤던 어떤 장면이 떠오른다.

나이 든 여자가 자는 방문 너머로 여자의 가족들이 하던 말들, 무기력하게 잠을 계속 자는 것이 우울증의 초기 증세라는….

생각해 보니 요즘(유니폼을 입고 있는 시간을 제외한) 사람들과 대화를 했던 적이 언제인지 기억나지 않는다.

사회적 동물인 인간이 혼자가 되었을 때, 사람은 공포와 무기력감을 동시에 느끼며 그것을 회피하기 위해 수면 상태에 의지한다는(누군가는 취중의 상태에 의존하겠지만, 알코올 알레르기가 있는 나에게는 있을 수 없는 가정) 나만의 결론에 도달하였다.

외로움, 고독, 두려움, 체념, 무력함. 고독을 즐긴다고 생각했던 나의 모습은 진정한 고독을 당하고, 어쩌면 그 상황까지 스스로 밀어 넣고서야 스스로 인정하였다. 나에게도 사회적 동물의 감정을 가지고 있구나. 세상으로 돌아가야겠다.

휴스턴 비행을 마치고 도하로 돌아왔다.

그리고 한국행 비행기 티켓을 샀다. 한국에는 나의 사람들이 있다. 가족, 친구, 그리고 우리 집 강아지 쿠키도 있다. 한국에서는 나의 이러한 감정 상태를 저 밑으로 밀어 넣고 웃고 떠들 수 있다. 2~3일의 한국행이 나의 그런 어두웠던 감정들을 치유할 수 있을 것이라 믿었다. 그렇게 생각했다.

친구를 만나고 또 가족들을 만났다. 이런저런 이야기를 하며 즐거웠다. '아, 좋다!'

문득 엄마가 요즘 미술 심리 치료를 배운다며 나에게 몇 가지 테스트를 해주겠다고 하였다. 나도 별 생각 없이 그 테스트에 임했다.

하얀 종이와 연필. 너와 주위 사람을 동그라미와 세모로 표현하라는 것이다. 동그라미는 여자, 세모는 남자. 주위 사람…. 나는 중앙에 동그라미를 그리고 '나'라고 썼다. 그리고 곰곰이 생각했다. 그리고 '누구를 그려야 하지? 주위 사람이라….'

옆에서 언니는 가족을 그려 넣어도 된다고 설명해 주었다. 그러나 내 생각에 '내 주위'에는 가족이 없었다. 가족은 내 주위와 10시간 떨어진 한국에 있었다. 주위 사람. 아무것도 그리지 못하고 결국은 내가 요즘 읽고 있는 책의 작가와 인터넷을 통해 보고 있는 설교 목사님을 세모로 그렸다. 그리고 나는 결국 울었다.

내가 그린 종이를 보며 나는 울었고, 엄마도 울었다. 어떠한 설명도 필요하지 않았다. 테스트를 당하는 나조차 내 종이가 무엇을 말하는지 정확히 알고 있었다.

내 주위에는 아무도 없었다. 없다고 알고 있었지만, 그것을 현실에서 애써 외면하고 있었다. 그러나 나는 결국 입으로 실토하였다. 외롭다고….

화려한 생활 뒤의 나의 진심이 고백한다. 나는 지금 외롭고 고독하다.

PART 03

카타르에서 휴일을 알차게 보내는 방법

이슬라믹 바자에 그림 전시

오랜만이에요.

꽤 오랫동안 인사를 못한 것 같네요. 그래도 재미있는 이야깃거리를 가지고 왔으니, 너무 나무라진 말아주세요. 언제부터인가 '죽기 전에 하고 싶은 것들: 버킷 리스트'를 만들어 놓고 하나하나 이뤄 나가고 있습니다. 리스트 중에는 인생의 목표가 될만한 것, 다소 유치한 것(?), 어떻게 보면 이루기 쉬운 것 등등이 뒤섞여 있죠. 그래도 이곳에서 지내는 동안 꽤 많은 것들을 실천하였습니다.

목표를 이룬 뒤에, 빨간 펜으로 목록에 가로줄을 쭉 긋는 그 희열감은 말로 다 표현을 못 하죠. '아, 하나 또 해냈구나! 나 잘 살고 있구나.' 하고 말입니다.

뭐, 그래도 이뤄낸 것들이 많아질 수록 생겨나는 목록 또한 늘어나긴 합니다.

리스트 중에 하나가 사람들에게 그림을 보여주는 것이었습니다.

물론 목표에는 '그림 전시회'라고 썼지만, 일단은 첫 단계부터 시작을 해야죠.

일단 그림 이야기를 좀 하자면, 전 그림 그리는 걸 참 좋아합니다. 전공이 디자인 쪽이긴 하지만 그림, 특히 유화는 전문적으로 배운 적이 없어 거의 독학 수준입니다. 그래도 도하에 살면서 쉬는 날마다 꾸준히 그려서 어느새 작품 수가 꽤 많아졌습니다. 목표를 이루기 위해 도하에서 그림을 전시할 곳이 없을까 알아보다가 '이슬라믹 뮤지엄 바자(Islamic museum bazaar)'가 토요일마다 열린다는 것을 알게 되었어요. 사람들이 팔 만한 물건을 가지고 와서 장을 여는 것입니다. 참가비가 따로 있는 것도 아니고, 처음 시작하기에는 부담이 없을 것 같아 좋다고 생각했습니다. 서울의 홍대 프리마켓 같은 거라고 보면 될 것 같아요. 신이 나, 홈페이지에서 참가할 방법을 알아보니, 벌써 예약이 꽉 찼다는 공고가 보였습니다.

그래도 포기할 제가 아니죠.

일단은 사이트의 대표 메일 주소로 저에 대한 소개와 그림을 몇 점 첨부해서 참가하고 싶다는 의사를 밝혔습니다. 책상이나 부대시설은 제가 직접 준비할 테니 그냥 공간만이라도 사용할 수 있게 허가해 달라는 내용이었습니다.

카타르 시스템(slow motion)에 대해 좀 아는 사람은 예상했겠지만, 메일을 보내고, 몇 주가 지나고 나서…. 신청을 했는지조차 가물가물할 때쯤, 주최자에게서 전화 한 통을 받았습니다. 허가를 해준다는 내용이었습니다. '와, 그래도 문을 두드리니, 진짜 열리는구나!' 그대여, 우리 원하는 게 있으면 꼭 문이라도 두드려 보아요! 혹시 알아요? 이렇게 기회가 생길지 말이죠.

그런데 다른 문제가 있었습니다. 바로 저의 비행 스케줄이었죠. 메일을 보낸 건 1월 말쯤이고, 전화로 승인을 받은 건 2월 초인데, 2월에는 토요일에 쉬는 날이 단 하루도 없었습니다. 이렇게 아쉬운 기회가 지나가는구나 했죠.

그리고 3월. 3월에 딱 한 번, 토요일에 오프가 있는 걸 확인하고 다시 주최 측에 메일을 보냈습니다. 전에는 이러한 사정으로 참가를 못 했는데, 이번에는 갈 수 있으니 자리를 달라고 부탁했습니다. 날짜는 다가오는데, 답은 없고 그날따라 친구들 중에 휴일이 맞는 사람이 아무도 없어 혼자서 이 모든 일을 헤쳐 나가야 할 처지에 놓였습니다.

막상 가려니, 너무 부끄러운 거예요. 사람들에게 제가 그린 그림이 처음 보이는 거니, 반응도 걱정도 되고, 혼자서 몇 시간을 멀뚱거릴 것도 그렇고 자리에 대한 확정을 받고 가는 게 아니라 무작정 가는 거니, 만약 자리를 배정받지 못할 수도 있고, 등등.

스트레스를 받아서인지 전날 밤을 꼴딱 세우고, 비몽사몽한 기운으로 짐을 싸서 이슬라믹 뮤지엄으로 출발했습니다.

나 "안녕하세요. 담당자를 찾는데요."

관계자 "미스터 블라블라 씨를 찾아봐요. 저쯤에 있을 거예요."

나 "네 감사합니다.".

'뚜벅뚜벅.'

나 "혹시 미스터 블라블라 씨인가요?"

블라블라 씨 "그런데, 왜요?"

나 "저 며칠 전에 메일 드렸었는데, 물건을 팔려고요. 그런데 자리를 배정받지 못했어요."

블라블라 씨 "그럼 12시까지 기다려서 빈자리가 있음 그 자리를 써요. 자리가 있을지는 장담 못 해, 인샬라!"

나 “네, 감사합니다.”

몇 분 뒤, 얼굴에 수심 가득히 쭈그리고 앉아 있으니, 미스터 블라블라씨가 다시 와서 테이블 번호를 주며 그곳을 사용하라고 했습니다.

짜잔, 저의 역사적인 순간이죠. 드디어, 이런 걸 그것도 외국 땅에서 해 보는구나. 그림들을 깔아 놓는데, 은근 반응이 좋았습니다. 지나가는 사람들도 흥미롭게 쳐다보고 제가 그린 거냐고 물어봐 주고, 그런 반응이 얼마나 고마웠는지 저는 계속 땡큐를 외쳤습니다.

어찌 되었건, 물건을 파는 곳이라…. 나름 적당하다고 생각하는 가격도 붙여 놓고 이렇게 앉아 있으니, 진짜 장사하는 기분이 나더군요. 처음에는 가격조차 못 정하고 있으니, 옆에서 장사하시던 아저씨가 자신이 자리를 봐줄 테니 시찰을 다녀오라고 조언해 주었습니다. 사람들이 어떤 물건을 어떤 가격에 파는지 보면 아이디어가 생길 거라고 하셨죠.

룰루랄라, 주위를 둘러보는데 규모가 꽤 크더군요!

주위에도 가게가 연달에 100여 개가 넘는데, 그림도 팔고 액세서리, 옷, 가구, 음식 등등 꽤 다양한 물건을 팔더라고요.

한 바퀴 크게 둘러보고 다시 내 자리에 와서 자리를 잡으니, 사람들이 사진을 찍어도 되냐고 물어봅니다. '당연하죠! 제가 그린 거예요. 마음껏 찍으세요!'

사람마다 취향도 다양해서 좋아하는 것들이 가지각색입니다. 다들 잘 그렸다고 칭찬도 많이 해주고…. 신이 났습니다.

아랍 소녀들이 몰려와 사진을 찍는 모습을 저 또한 찍으며 이날의 기분을 사진으로 영원히 간직하려 합니다.

실은 물건을 파는 목적보다는 보여주는 것에 더 의의가 있었던 자리였습니다.

옆자리에 물건을 파는 아저씨 말로는 이곳에는 가족이랑 피크닉 오는 사람들이 대부분이라 가격이 저렴해야 잘 팔린다고 하더군요.

그래도 왜인지 싸게 팔고 싶지는 않았습니다. 제가 열심히 그린 제 그림이니깐. 저렇게 보여도 한 개 완성하는데 몇 주, 길게는 몇 달도 걸린 것들이랍니다. 물론 휴일에 짬짬이 그린 것이긴 하지만 말이에요.

시간이 흐르고 땀이 주르륵….

'아, 덥다!' 더우니, 테이블 앞에 바짝 붙어 앉아 있기도 힘들고, 그래서 나 몰라라 하고 그늘에 가서 책을 보고 있으니 사람들 반응을 관찰할 수도 없습니다. '에라, 모르겠다. 오늘은 후퇴하자'라고 장사 2시간 30분 만에 종료를 선언했습니다. 그래도 꽤 근사한 휴일을 보냈습니다. 제 그림을 보고 관심을 보여주는 사람들이 고맙고, 잘했다고 말해 주는 사람들이 신기하고, 집으로 돌아오며 '다음에는 저렴한 가격에라도 팔고 와야지'라는 생각도 들었습니다. 누군가의 집에 제 그림이 걸린다는 것 또한 근사한 기분일 거예요…. 그렇죠?

즐겁고 뿌듯한 하루였습니다! 어깨 으쓱하며 스스로에게 한마디.

'아나벨, 잘하고 있어!'

이 편지를 읽는 그대도 칭찬에 관대한 사람이었으면 합니다. 전에 디자인하는 친구에게 이야기를 들으니, 홍대에서 프리마켓을 시작하는 사람들이 손님들의 반응에 크게 좌절한다고들 하더라고요. 굳이 물건을 사지 않더라도 그들도 저 같은 아마추어인 거잖아. '잘하고 있어! 더 잘할 거야!'라는 말 한마디가 얼마나 큰 힘이 되는지. 괜히 혼자 외치고 싶습니다. '아마추어 아티스트 파이팅! 프로가 되는 그날까지 우리 모두 힘을 냅시다! 아자 아자.'라고 말이죠.

괜스레 배시시 웃으며 이야기를 마칩니다.

나만의 컵 만들기

안녕? 후유.

그대여, 드디어 길고 길었던, 스탠바이가 끝났습니다.

우리 회사의 비행 스케줄 중에 '스탠바이 SBY'라는 게 있습니다. 그게 뭐냐면, 일정 시간 동안(보통 6시간 정도) 혹시 생길지 모르는 결원을 대비해 집에서 대기하는 거죠. 말이 대기지 그냥 집밖으로 못 나가는 것입니다. 이것을 한다고 돈을 주는 것도 아니고, 확실히 일을 한다고 말하긴 애매하지만, 그래도 스탠바이 시작 12시간 전부터 집에서 쉬어야 합니다. 계산해 보세요. 일이 시작되기 전 12시간 동안 쉬고, 6시간 동안 기다리고, 그러다가 결원이 안 생겨 안 불리면, 그 다음 날 스탠바이 시간 12시간 전부터 또 쉬고, 또 대기하고.

저는 이번 달에 3일 동안 스탠바이였는데, 3일 내내 안 불려서 밖에 나가지도 못하고 집에서 볼 수 있는 모든 동영상(한국 예능, 드라마, 일본 드라마, 미국 드라마)을 다 보고 책도 읽었던 거 또 읽고, 또 읽고, 밥은 또 꼬박꼬박 엄청 잘 챙겨 먹고.

이동 거리가 없으니, 엉덩이에 살만 덕지덕지….

암울했던 스탠바이가 어제로 끝이 나고 드디어 대망의 쉬는 날이 왔습니다.

오늘은 이곳저곳에서 그동안 미뤄 두었던 일들을 했습니다.

그중에서 제가 그대에게 들려주고 싶은 이야기는 바로 머그잔을 만들었다는 이야기입니다. 이 이야기를 들려주고 싶어 얼마나 입이 근질거렸는지 몰라요. 가끔 놀러 가는 더 몰(the mall)이라는 쇼핑몰에 새로운 카페가 생겼습니다.

우연히 들렀다가 그곳이 도자기 카페라는 걸 알게 되었죠. 그리고 10일 전쯤, 혼자 심심하던 차에 이 도자기 카페가 생각나서 혼자 다시 가보았습니다.

각양각색의 모양을 한 하얀 도자기들이 주인을 기다리고 있습니다. 어느 주인에게 선택되어 어떤 옷을 입게 될지 기대하는 마음으로….

자신이 원하는 도자기를 선택하고 자리에 앉으면 가게 직원들이 어떻게 그리는지 설명을 해줍니다. 저는 머그잔으로 결정하고 자리를 잡고 앉았습니다. 재작년, 엄마가 도하에 놀러 왔을 때 함께 산 머그잔 4개 중에 2개를 깨 먹어서 머그잔이 필요했거든요. 자기가 구상한 그림에 어울릴 만한 색을 여섯 가지 정도 선택할 수 있습니다. 전 사람 얼굴을 그릴 생각이어서, 그것에 맞춰 몇몇 색들을 선택했습니다.

일단 연필로 밑그림을 그리는데 한글로 '시간을 잘 활용하자.'고 썼습니다. 이 표어가 영어로 바뀌면서 어떤 사단이 일어날지 이때까진 전혀 짐작조차 하지 못했습니다. 본격적으로 색칠하기 시작했어요. 한 번 칠하고, 두 번 칠하는 것에 따라 구워진 후, 색깔 차이가 많이 난다고 해서 꼼꼼하게 색을 입혔습니다. 한쪽 면에는 얼굴, 반대쪽에는 표어. 색칠하기야 뭐 제 전공이니 시간 가는 줄 모르고 즐겼습니다.

얼굴을 그리다 보니 생각보다 디테일한 표현을 하기 어렵다는 걸

느꼈습니다.

한글 표어에는 받침이 많아 작은 공간에 쓰기 어렵겠다는 생각이 들었어요.

그래서 'SPEND TIME EFFICIENTLY'라고 써야겠다고 계획을 수정했습니다.

펜처럼 생긴 물감으로 스펠링을 하나하나 써내려갔습니다.

S. P. E. N 근데 갑자기 물감이 나오지 않습니다. 직원이 바꿔주는 사이에 다른 색 물감을 집어 들어 'Annabelle's THINKING'을 쓰기 시작했어요. 그런데 이것도 쓰다 안 나와서 또 바꾸고, 다시 파란색을 받아 EFFI를 쓰다 안 나와서 바꾸고…. 이렇게 정신없이 쓰다 보니 스펠링을 하나 빼먹었습니다. 그것도 집에 돌아와 인증사진을 보고서야 알아차렸어요. 너무 당황해서 카페에 전화했죠. 방금 머그잔에 그림 그리고 간 여자인데,

스펠링 D를 빼먹었다고요. 'SPEN TIME'은 말이 안 되니 D를 대신 써달라고 말이죠. 전화받은 아저씨가 알았다고 하고 끊었습니다.

뭔가 불안했지만, 뭐 운명에 맡겨야지 하고 생각했습니다. 이상해 봤자 얼마나 이상하게 쓰겠어요. D잖아요! 알파벳 D! 인증사진 찍어야 한다는 생각에 더 정신이 없었는지. 그림을 그리면서도 돌아다니는 직원이 있으면 붙잡으며 사진 찍어달라고 부탁했어요. 남는 건 사진과 머그잔 아니겠어요? 하하하.

그… 런… 데… 저건 뭔가요? D가 왜 G로 변한 거죠? 아니죠? 제가 잘못 본 거죠? 'SPENG TIME'이 되어 버린 올해의 표어입니다. 그리고 드디어 오늘! 기다리고 기다리던, 머그잔을 찾으러 갔습니다. 어떻게 구워졌을까 궁금하기도 하고, 알파벳 D는 잘 썼는지 긴장도 되고. 가마에 구워져 나온 저의 머그잔. 꽤 근사하죠?

직원한테 얘기하니 자기네가 바꿔서 다시 써주겠다고 다음 주에 다시 오라고 합니다. 처음엔 그럴까도 생각했지만, 머그잔의 이 스펠링을 보면 한 번 더 읽게 되고 한 번 더 되새기게 되지 않을까, 라는 마음에 그냥 가져간다고 했습니다. 어차피 제가 쓰는 거니, 큰 상관은 없죠 뭐.

그래도 웃기지 않나요? 어쩜 G가 들어갈 수가 있는지. 정말이지 상상 그 이상입니다. 집에 와서 물 한잔 따라 마시니 기분 굿, 굿, 굿입니다!

올해의 표어처럼 시간을 잘 써야지! 하고 다시 한 번 다짐해 봅니다. 너무 잠만 많이 자지 말고, 너무 한국 예능만 보지 말고, 책도 많이 읽고, 일본어 공부도 열심히 하고, 그림도 열심히 그리고, 당신에게 편지도 자주 쓰고, 그리고 기타도 올해는 좀 치자 좀! 아자 아자!

한국에도 비슷한 도자기 공방이 많이 있더라고요. 도하에 있는 도

자기 카페에서 머그잔에 그림 그리는 거는 60리얄(한국 돈으로 18,000원 정도) 정도이다. 뭐 싼 건 아니지만, 이런 게 다 추억이니 비싼 것도 아니겠죠? 이 컵은 깨 먹지 말고 잘 써야 할 텐데….

PS. 그대가 도하에 있든, 한국에 있든 적극 추천입니다. 내가 만든 무언가가 있는 건 신나는 일이니까요.
봄이 왔네요. 벌써, 4월입니다. 다시 한 번 올해 계획했던 일, 목표, 재점검하고 으쌰으쌰! 작년보다 좀 더 멋진 올해가 되길 기대합니다.

친구 따라 얼떨결에 간 아부다비

'운명' 또는 '행운'이라는 말을 자주 쓰게 되는 이곳. '인샬라: 모든 것이 하늘의 뜻이다.'라는 아랍어가 있습니다. 이곳에서는 많은 상황이 저의 의지와는 상관없이 주어지죠.

가령, 한 달의 희로애락을 결정짓는 스케줄이라든지, 비행에서 만나게 될 승무원들이라든지, 승객이라든지, 체류지에서 겪게 될 수많은 일들, 상황들….

나의 휴일과 너의 휴일이 맞아, 우리가 만나게 되는 그런 것 또한 '인샬라', 하늘의 뜻이지요. 친구가 열흘가량 중동 여행을 한다고 연락이 왔습니다. 한 달 전에 미리 말해줘도 휴일을 신청하고, 신청한 것을 받게 될지 안 될지도 모르는 상황인데, 우연히 들려온 친구의 소식에 이번 달 스케줄표를 뒤적이니 Oh! 친구의 여행 마지막 3일 일정이 저의 휴일과 맞아떨어졌습니다.

나 "나, 스케줄은 비어 있어."

친구 "와, 잘됐다! 우리 어디서 만날래?"

나 "그런데 나 실은 이런 상황이 미리 계획된 것도 아니고, 갑작스럽게 어디에 가는 게 좀 부담되기는 해서, 생각해 보고 말해 줄게."

친구 "야! 내가 중동에 있고, 마침 네 스케줄이랑도 딱 맞는데, 뭘 더 생각해! 인샬라, 하늘의 뜻이야."

나 "그런가? 하긴, 그렇지…."

친구　　　"다른 것 생각하지 말고, 와! 호텔은 내가 쏜다!"

나　　　"그래? 그래, 그럼 긍정적으로 생각을…."

친구　　　"야! 그냥 와!"

이렇게 해서 갑작스럽게(계획하고 실천하는 것을 미덕이라 믿는 저에게 이런 계획에도 없던 일을) 친구 따라, 아부다비에 가게 되었습니다.

막상 여행을 떠난다고 생각하니 아침잠을 설칠 정도로 신명이 나더라고요.

룰루랄라, 비행 시간보다 2시간이나 일찍 가방을 챙기고 도하 국제공항에 도착했습니다. 맨날 봐도 질리지 않는, 도하의 면세점을 구경하고, 코가 마비될 만큼 거의 모든 종류의 향수 냄새를 맡아 보고, 친구와 기분 낼 겸 로즈 와인도 한 병 사고…. 1시간을 날아 아부다비 국제공항에 도착했습니다.

안녕, 아부다비!

한 시간 가량 일찍 도착한 친구는 공항에서 저를 기다리고 있었습니다.

낯선 곳에 도착했는데, 친구가 기다리고 있으니 환대받는 것 같고 좋더군요.

우리는 공항 앞에서 택시를 타고 호텔로 향했습니다. '아부다비 샹그릴라 호텔(Shangri-La Hotel)'은 공항과 시내의 중간 지점에 있는 곳이었는데(차로 공항까지 15분, 코니쉬까지는 20분 정도 소요됨), 호텔 발코니 앞으로 그랜드 모스크가 보이는 환상적인 뷰가 인상적이었습니다.

파란 하늘과 잘 어울리는 하얀 모스크.

친구와 저는 짐을 풀고, 호텔에서 제공하는 셔틀버스를 타고 그랜드 모스크로 달려갔습니다.

카타르에 2년 넘게 살면서도 아직 모스크 내부 모습을 본 적이 없는데, 이웃 나라는 외부인에게도 기꺼이 그들의 문화&종교를 아낌없이 공개하더군요.

내부에 들어가기 위해서는 긴팔, 긴치마(또는 헐렁한 바지)를 입고 머리카락도 가려야 입장할 수 있습니다. 호텔에서 스카프를 빌려 칭칭 감고 갔는데도, 완벽하게 커버되지 않았다는 이유로 실격되어 모스크에서 대여해 주는 아바야를 입어야 했습니다.(무료로 대여해 주는데, 여권을 제시하여야 하고 옷을 반납할 때 여권을 돌려받을 수 있습니다) 체감 온도 30도인 아부다비 하늘 아래, 아바야를 걸치니 땀이 삐질삐질….

그랜드 모스크 내부의 꽃 타일 장식을 지나 기도하기 위해 들어가는 어느 노인의 모습.

새하얀 모스크는 마치 알라딘 왕궁에 온 듯한 느낌이었습니다. 심플한 듯하면서도 곳곳에 보이는 디테일이 인상적인 그랜드 모스크. 내부에 들어가기 위해서는 앞에서 신발을 벗어야 합니다. 외부의 기둥에서도 보았던 꽃 타일 장식이 내부에서는 본격적으로 펼쳐졌습니다. 일단은 그 웅장함에 압도되고, 가까이에서는 그 디테일에 한 번 더 입을 벌리게 만드는 모스크 내부의 모습.

호텔에 돌아와 저녁 식사를 하고 그동안 못다 나눈 이야기도 하고, 그렇게 아부다비에서의 첫날 밤을 보냈습니다.

둘째 날 아침, 호텔에서 조식 뷔페를 거하게 먹고, 방에 들어가 수영복으로 잽싸게 갈아입고는 야외수영장으로 나왔습니다. '우리 오늘은 이렇게 좀 쉬자! 여기, 너무 좋다!' 호텔 수영장은 여기저기 많이 다녀보았지만, 아무리 승무원이 별 4~5개짜리 호텔에서 묵는다고 해도 비즈니스호텔의 수영장과 리조트 형태의 수영장을 비교할 수는 없죠.

해가 저물기 시작할 때까지 물가에서 놀다가 저녁 시간에는 아부다비의 코니쉬에 들려 저녁 식사를 했습니다. 역시나 아부다비와 카타르를 둘다 다녀와 본 사람들이 말하듯 아부다비는 카타르와는 비교도 안 되게 발전한 도시임이 분명했습니다. 그래도 전 옛 모습을 간직한 전통 수크(souq) 시장이 있는 카타르가 좀 더 좋은 이유는 뭘까요?

'친구따라 강남간다: 자기는 하고 싶지 않으나 남에게 끌려서 덩달아 하게 되는 경우를 이르는 말.' 여기서 어떤 친구를 따라가느냐에 따라 결과는 좋을 수도, 안 좋을 수도 있을 것입니다.

그냥 집에서 빈둥거리며 지냈을 휴일을 좋은 친구의 인도를 받아 찾은 아부다비에서, 오래도록 기억에 남을 좋은 추억을 만들었습니다.

"고마워, 친구야."

햇빛도 따끈따끈하고 수영장 물도 적당히 차갑고, 손만 흔들면 여기저기서 직원들이 'May I assist you.'를 외치는…. '와, 여기가 중동의 파라다이스구나!'

건강이 최고

한 해가 가고 2015년의 새해가 밝았습니다. 잘지내셨나요?

2015년을 맞이해 언제나 그렇듯 새 다이어리에 신년 계획을 세워 봅니다.

올해는 돈도 모으고, 여행도 더 많이 다니고, 살도 빼고, 등등…. 그리고 항상 빠지지 않는 것! 운동하기!

올해는 계획이 계획으로만 끝나지 않기 위해, 새해 첫 휴일에 지인와 함께 으쌰으쌰 구호를 외치며 스쿼시를 치러 갔습니다. 뭔가 입구부터 심상치 않은 복잡함에 잠시 당황한 우리는 스쿼시장에 들어가려고 했습니다. 그런데 큰 단지처럼 테니스장과 스쿼시장이 여러 개 형성되어 있는 곳에 문이 굳게 닫혀 있고 그곳을 경비원들이 지키고 있습니다.

그 이유인즉 4일 동안 '카타르 엑슨 모빌 오픈 테니스 대회'가 열린다는 것입니다.

'그럼 우리 오늘 스쿼시 못 치는 건가요?' 정말이지 큰 마음먹고 운동하려고 으쌰으쌰했던 우리의 이 허무함은 누가 채워 주나요.

일단 당황스러운 마음을 진정시킬겸, 경기장 바로 옆에 있는 햄버거집에서 작전 타임을 가졌습니다. 어떻게 할까, 어디를 갈까, 여러 가지 대안이 나왔지만, 결국 경기장에 왔으니 아쉬운대로 테니스 경기나 한 게임 보고 돌아가자는 것으로 결론을 내렸습니다. 그렇게 생각하고 다시 경기 티켓을 파는 입구에 가니, 경기를 볼 생각에 설렘으로 줄을 서 있는 사람들이 눈에 들어왔습니다. 그 모습에 우리 또한 덩달아 신이 났습니다. 입구부터 신나게 기념사진을 찍고, 입장!

가장 싼 티켓이 25리얄 우리 돈으로 6~7,000원이니, 세계적인 선수들의 무대를 거저 보는 셈이죠. 이날 마지막 경기는 세계 랭킹 3위의 라페엘 나달 선수가 뛰는 경기였습니다. 저는 테니스에 문외한이라 잘 모르지만 유명한 사람 맞죠?

테니스장 근처에 맛있는 인도 음식점이 있어서 가끔 근처까지 가보긴 했지만, 경기장 안에 들어가는 건 이날이 처음이었습니다. 생각보다 크고 시설도 굉장히 잘돼 있어 놀랐어요. 도하에 이런 곳이 있다니 말입니다. 방송 중계하는 사람들까지 북적이니, 무슨 축제 현장

Let's go Tomas! 처음 본 토마스 선수를 열심히 응원 중이랍니다.

에 온 듯 들뜨기 시작했습니다.

우리는 첫 경기인 3시 30분 경기를 관람했습니다. '렛츠 고 토마스!'라는 피켓을 앞에 나눠 주어 생각없이 받아왔는데, 이날 관중 대부분이 토마스의 팬이었습니다.

경기도 토마스 선수가 압도적으로 이끌어 나갔죠. 얼떨결이라도 응원하는 선수가 잘하는 모습을 보니 더 신이 나더군요! 낮이라 사람이 별로 없어 앞자리에 앉고, 날씨도 좋고, 요즘 '우리동네 예체능'이라는 한국 프로그램에서 테니스 경기하는 걸 몇 번 본 터라 게임 방식도 대강 아니깐, 경기에 점점 몰입이 되었습니다. '탕, 탕!' 라켓에 공 맞는 소리가 경쾌하게 느껴집니다. 좋다, 좋아!

비록 이날 스쿼시는 치지 못했지만, 얼떨결에 세계적인 선수들의 대회를 관람하니 뭔가 대단한 하루를 보낸 것 같은 기분이 듭니다. 카타르가 작은 나라이긴 하지만, 잘 찾아보면 이런 경기들이 종종 열린다고 하는데, 직접 경기를 접하니 카타르의 매력에 점점 빠져듭니다.

새해 첫 휴일을 참 잘보냈습니다! 그래도 다음엔 꼭 스쿼시 치러 다시 가야겠죠.

당신의 신년 계획은 어떨지 궁금하네요. 분명 '운동하기', '건강해지기'라는 항목이 있겠죠?

그대여, 우리 건강하게 오래오래 살아요.

다시 찾은 스쿼시장

함께 비행하는 승무원들에게 '휴일에 뭐하면서 지내?'라고 질문하면 100이면 80은 '쉬어….'라고 대답합니다.

저 또한 그 이야기에 공감합니다. 밖에 나가는 순간부터 헤쳐 나가야 할 산들….

택시 아저씨와 실랑이, 모래바람, 뭐만 하려고 마음먹으면 껑충껑충 뛰는 물가, 위아래로 훑어대는 중동 남자들까지…. 그렇지만 그래도 포기하지 않고 잘 찾으면 자신한테 딱 맞는 취미거리를 찾을 수 있습니다. 저도 이곳에 온 지 3년이 지나서야 알게 된 스쿼시처럼 말이죠.

전에 보낸 편지에서 스쿼시에 관한 이야기를 들려줬었죠?

그때는 대회 때문에 스쿼시장 문을 닫았었다고. 그래서 '꿩 대신 닭'이라고 테니스 경기를 관람해서 나름 좋은 시간을 보냈었다고 말이에요. 그래도 경기장에 가는 목적이 구경이 아닌, 제가 직접 땀흘리는 것이기에, 이번에는 미리 자리를 예약하고 다시 스쿼시장을 찾았습니다.

언제 봐도 깔끔하게 정리 잘된 잔디와 하얀 아랍 건물의 조화가 아름답습니다.

곧 있으면 열릴 여자 챔피언십을 준비하는 모습이 보입니다. 그럼 이곳에서 제가 유일하게 이름을 아는 사라포바 선수의 경기도 볼 수 있는 것일까요?

스쿼시장은 아침 8시부터 저녁 11시까지 하고, 쉬는 날 없고, 1시간에 40리얄(우리 돈 12,000원 정도). 하루 전에 예약하는 게 가장 좋고, 아니면 몇 시간 전에라도 자리 있는지 확인 전화하고 예약할 수 있습니다. 도하에서 친해진 언니가 크리스마스 선물로 스쿼시 라켓을 선물해 주면서 이런 아름다운 취미생활에 눈을 뜨게 되었습니다. 워낙 운동하는 걸 좋아해서, 도하에 있으면 항상 몸이 근질근질했는데, 제대로된 취미를 찾은 것 같습니다. 날이 풀리면 카약도 많이 한다고 하던데 다음엔 그것도 한 번 도전해 보려고 생각 중입니다.

알면 알수록 도하에도 즐길 것들이 꽤 많네요.

함께 간 지인과 저 둘 다 너무 초보라 쉬어 가면서 했는데도, 땀이 줄줄줄. 땀과 함께 몸에 쌓여 있던 노폐물까지 빠져나가는 기분 좋은 느낌!

이것이 바로 운동의 진정한 묘미죠. 휴일마다 일주일에 한 번씩만 다녀도 좋을 것 같은 취미생활이라니, 야호! 점점 탄탄해질 저의 바디 라인, 기대하세요.

해결 '책'을 찾는 방법

힘들어하는 친구들을 만나면 듣게 되는 고민 이야기. 그 이야기를 듣고 또 듣다 보면 저는 그들에게 해답을 주고 싶어집니다. 어딘가에 있는, 저보다 더 똑똑한 사람들은 사랑하는 제 친구들에게 명쾌한 해답을 줄 수 있을 텐데…. 문득 제가 그런 사람이 되지 못한다는 사실에 섭섭함이 밀려옵니다.

어느 날, 저는 해결책을 찾아냈습니다. 해결… '책!'

모든 문제의 답은 책에 있고, 'A=B'라는 정답이 아니어도 책을 읽으면 생각할 시간을 벌고 마음을 차분하게 다스릴 수 있으며, 운이 좋아 정말 딱 그 순간, 그 책을 손에 넣게 되면, 바라고 바라던 그 문제의 해답을 책에서 얻을 수 있습니다.

요즘 한 달 평균적으로 일하는 비행시간이 100시간 정도입니다.

이 시간은 비행기가 날아가는 시간만 따지는 것이니, 비행 전 준비하고, 브리핑하고, 비행 후 뒷정리시간까지 다 하면 한 120~130시간 정도 일합니다.

보통 직장인들이 오전 9시부터 오후 6시까지 주 5일 근무한다고 생각하면, 한 달에 200시간.

승무원의 여과 시간은 상대적으로 긴 편입니다. 이런 긴 시간을 어떻게 활용하는지는 승무원들끼리 이야기할 때 빠지지 않는 주제입니다. 비행기가 뜨고 손님들에게 밥을 드리고 나면, 우리는 옹기종기 앉아 수다를 떨기 시작합니다.

"What are you doing on your days-off?"

"umm…. I do so many things, …."

이러면서 저의 레퍼토리가 시작됩니다.

"나는 블로그를 하고, 그림을 그리고, 책을 읽어. 그리고 컨디션이 좋으면 스쿼시도 치러 가지."

실은 이 중에 제가 진짜 취미라고 말하고 싶은 것은 바로 독서입니다.

독서는 나의 작은 쉼터이자 배움터

- 얼마 전까지는 아는 분의 소개로 알게 된 스캇 펫의 책에 열광하며, 몇 권 찾아 읽었습니다.(모든 심리학책에 참고 문헌이 달리는 유명한 책: 아직도 가야할 길)
- 세계 역사 이야기에도 관심이 있어 이것저것 찾아 읽고,(최근에 읽은 '처음 읽는 인도사' 덕분에 흥미가 생겨, 요즘은 인도 승무원을 만나면 인도의 역사 이야기를 종종 나눕니다)
- 한국에 인문학 열풍이 분다며, 나도 뒤질세라 인문학책을 읽고, 강의를 찾아 듣는다.(EBS 인문학 특강-인문학의 시대, 르네상스 10강 good!)
- 전에 텔레비전에서 유명인의 추천 도서 '장미의 이름'에 대한 소개를 보고, 읽었는데…. 와우, 그 후로 네이버 추천도서를 보며 다음에 한국에 와서 사야 할 책 목록을 하나하나 작성하고 있습니다.

그대의 정신세계를 나와 공유해 줘서 고마워요

5월의 한 달은 저에게 참 정신적으로 정서적으로 풍족한 시간이었습니다.

요즘 친하게 지내는 언니의 초대로 집에서 함께 식사를 하게 되었는데, 언니가 덤으로(특급 보너스로) 책까지 빌려주었습니다. 제가 읽는 책에서 저의 취향이 묻어 나오듯, 어떤 책을 고르냐에 따라 그 사람의 최근 관심 분야, 사고, 취향 등을 가늠해 볼 수 있죠. 우리가 밥을 먹으며 했던 대화 내용과 언니가 건네준 책의 많은 부분이 겹쳐집니다. 신나게 책을 받아들고 집에 와 몇 주간 책을 폭식했습니다.

참 오랜만에 느껴보는 포만감! 도하에서는 한국에서 가져온 일정 양의 책으로 언제 다시 갈지 모르는 다음 한국 비행을 기약하며, 나누어서 소식해야 하는 스트레스 아닌 스트레스가 존재합니다. 읽을 것이 없을 때 느껴지는 초조함과 우울함은… 마치 다이어트기간 때의 히스테리와 비슷하게 다가오죠. 굶주린 배를 움켜쥐고 뷔페에 들어간 사람처럼, 이 책, 저 책 닥치는 대로 읽어 내려가는 그 꿀맛! 그래도 오랜만에 느껴보는 포만감을 소화 불량으로 만들지 않기 위해 책의 소감을 메모해 두었답니다.

제발, 돌려줘!

저도 가끔, 집에 사람을 초대합니다.

그러면 자연스럽게 제가 모아둔 책들이 있는 곳으로 안내하죠. 그리고 좋은 책들을 추천해 줍니다. 책은 공유하면 할수록 그 가치가 더해진다고 생각합니다. 제가 구입한 책이라고 해서 저만 읽고 책장에서 몇 년을 묵히는 건 속상한 일이니까요. 그런 의미에서 저는 초대한 사람들에게 책을 빌려주곤 합니다.

안타깝게도 많은 책들이 제대로 반납되지 않죠.

책에 대한 집착이 나쁜가요? 저는 제 물건, 특히 제 책에 대한 집착이 있습니다.

다 읽은 책을 이곳에 보관하기 한계가 느껴질 때, 한국 집으로 가져가는데, 같은 내 집이지만…. 정말이지 많은 시간 고민하고 고민하다가 진짜 안 읽을 것 같은 책을 선별해 보냅니다. 또는 가족들이 읽었으면 하는 책을 선별하죠.

그런 저의 책을 가져가 놓고, 반납하지 않다니…. 정말이지 절 화병 나게 할 셈인가요? 혹시나 지금 책장에 누군가에게 빌린 책이 있다면, Return it, Now!

취미로 책을 읽기 시작한 건 20살, 대학교 도서관에 진열된 방대한 양의 책을 보고나서부터 입니다. 쉬운 책부터 하나씩 읽다 재미를 붙여 일 년에 100권 읽기를 목표로 매주 도서관에서 몇 권의 책을 공짜로 빌리는 재미가 쏠쏠했었죠.

작가의 영향을 받아 리포트를 쓸 때 문체를 흉내내는 재미도 좋았습니다. 이런 유익한 취미가 또 있을까 싶을만큼 책을 읽는 것은 정신 건강에 큰 도움이 됩니다. 특히 저같이 문화와 동떨어져 있는 곳에 사는 사람에겐 더욱….

이렇게 책 이야기를 하니, 빨리 글을 마치고 소파에 앉아 커피 한 잔 마시며 책을 읽고 싶어지네요.

이 글을 읽는 당신의 추천 도서는?

동료들과 함께한 이스탄불

안녕, 행복한 5월, 보내고 계신가요?

5월이 시작될 때쯤 당신께 글을 보내며, 이번 달은 많은 이야깃거리를 가지고 다시 편지를 쓸 수 있을 거라 했던 내용을 기억하나요?

이스탄불 여행의 소제목을 '미녀 삼총사의 이스탄불 여행'으로 붙여 봤어요.

이곳저곳 여행을 많이 다녔지만, 정작 친구와의 여행 기회는 많지 않아 그것이 내심 섭섭했어요. 혼자만의 여행, 가족 여행과는 또다른 여행의 매력에 갈증을 느낄 때쯤…. 비즈니스 승무원 교육과정을 함께 받았던 동기들과 함께 이스탄불 여행을 가게 되었습니다.

화창한 아침!

세 명의 여인들이 도하 국제공항에 하나둘 나타납니다. 그중에서 유독 옷차림이 화려한 여자를 본 두명의 여인들은 그녀에게 묻습니다.

동료 1	"이스탄불 아직 꽤 추운데 괜찮겠어?"
나	"엥? 나 민소매 원피스만 가져왔는데.... 이스탄불 여름 아니야?"
동료 2	"밤에는 10도까지 내려간다는데. 그렇게만 입으면 추울 텐데...."

이번 달에 여기저기 가느라 정신 없겠다 예상은 했지만, 여행을 시작하기도 전에 친구들에게 정신 빼놓고 다니는 제 모습이 들통나 버렸습니다.

비행기에서는 기내에서 나눠 주는 담요를 꽁꽁 싸매고 와서 괜찮았어요.

이스탄불에 도착해서는 공항에 연결되어 있는 전철로 쭈욱, 마자막 정거장인 악사라이(Aksaray)역까지 한숨에 달려 마침내 이스탄불의 공기와 마주하게 되었죠. 앗, 상쾌해!

모래바람만 들이키며 지내다 신선(?)하고 산뜻(?)한 공기에 숨을 깊이 들여마시니. '아, 이곳이 이스탄불이구나' 싶더군요. 한국은 이제 여름이 시작되었다고 하는데, 그대에게도 코 찡긋하게 만드는 이스탄불의 공기를 전해 주고 싶습니다.

호텔에서 짐만 풀고 근처 식당으로 향했어요.

'터키' 하면 뭐니뭐니해도 '케밥'이죠! 케밥의 종류도 다양해 우리가 흔히 알고 있는 랩 형식 외에도 여러 가지가 있더라고요. 밥을 먹으며 세 명의 여인은 서로에게 잘 왔다! 이렇게 함께 오다니 신기하다! 이거 엄청 맛있다! 등등의 말을 건네며, 첫날을 마무리지었습니다.

다음 날 아침, 드디어 본격적인 이스탄불 여행이 시작되었습니다.

그대여, 저 파란 하늘을 좀 보세요! 화창하다는 말과 참 잘 어울리는 이스탄불의 아침입니다. 룰루랄라, 세 명의 여인들이 발걸음 가볍게 향한 첫 번째 장소는 이스탄불의 상징! '블루 모스크(Sultanahmet Camii)'예요. 웅장함과 화려함, 그리고 고풍스러운 벽 장식에 고개가 아플 정도로 지붕을 쳐다 보게 됩니다.

그다음으로 간 곳은 블루 모스크와 마주하고 있는 '아야 소피아 박물관'이에요. 예전에 꽃보다 누나편에서 보여준 그 모습이 잔상으

이렇게 다 함께 왔으니, 단체 사진이 빠질 수 없겠죠? 블루 모스크를 배경으로 다들 김치!
정신 빼놓고 민소매를 입고 온 가운데가 저랍니다.

로 남아 있었는지 건물 안 모습이 낯설지가 않더군요.

325년에 콘스탄티누스 1세에 의해 아야 소피아의 모체가 되는 성당이 건축되기 시작하여 360년에 완성되었다고 해요. 그 후로 여러 차례 화재를 거치고 537년에 유스티니아누스 황제의 명으로 6년 만에 비잔틴 양식의 대성당이 지금의 모습으로 완공되었다고 합니다. 그런데 1453년 콘스탄티노플이 함락당하자 술탄 메흐메트 2세에 의해 성당이 모스크로 바뀌게 됩니다. 성당에는 기존 예수와 성모 마리아의 모자이크 장식을 덧칠하고, 메카의 방향을 나타내는 미흐라프 등이 새롭게 추가됩니다. 1931년 미국 조사단에 의해 숨겨져 있던 모자이크가 발견되면서 아야 소피아 박물관은 다시 한 번 비잔틴 시대의 유적으로 세상의 주목을 받게 되었다고 해요.

건물에 들어서는 순간 압도될 것만 같은 지붕의 높이, 그 주위를 에워싸고 있는 무슬림 장식. 그 사이를 자세히 들어다 보면 곳곳에 이곳이 성당이었음을 알아 달라고 말하는 듯한 모자이크까지….

예전에 꽃보다 누나편을 보고 뚜렷하게 기억에 남는 거라고는 마리아의 손 모양 기둥이었습니다. 저 구멍에 손을 넣고 한 바퀴 돌리며 소원을 말하면 그 소원이 이뤄진다는….

동영상으로 찍어 달라고 부탁하고 원에 엄지손가락을 넣고 몸을 있는 힘껏 돌립니다. '와! 나 된 거 맞지? 재밌다, 하하. 신난다!'

찍힌 동영상까지 확인하며 웃는데 뭔가 싸한 느낌….

'나는 소원을 말하지 않았다.'

사람은 '중요한 것'을 잊고 살아갈 때가 많은 것 같아요. 중요한 것을 하기 위해 해야 하는 '부수적인 일'에 너무 집착한 나머지 본질을 잊는 거죠.

그대여, 당신은 저와 같은 실수를 하지 않길….

무엇이 중요한지를 항상 직시하며 살아가길….

터키에서 저곳까지 가서 제가 빈 소원은 바로, '엄지손가락 넣고 손으로 원을 한 바퀴 돌리기'가 되어 버렸습니다. 그래도 성공한 거보니, 소원이 이루어지긴 하나 봐요, 하하.

아야 소피아 박물관을 빠져나와 세 번째로 향한 곳은 토프카프 궁전이에요.

배가 고픈데, 밥을 먹고 움직일까, 궁전이 근처이니 저기까지 가고 나서 밥을 먹을까, 별일 아닌 것 같지만, 엄청 중요한 밥 시간을 놓고 불꽃 튀는 토론을 벌이고는 궁전까지 보고 밥을 먹자는 결론을 내렸습니다.

큰 궁전으로 들어서니 양쪽으로 줄이 엄청나게 늘어서 있습니다.

한쪽은 무함마드의 유품이 있는 곳, 다른 한쪽은 튤립 정원 쪽이었던 거 같아요.

긴 줄을 보고 그자리에서 포기하고 금각만이 한눈에 내려다 보이는 곳에서 사진 한 장 찍는 것으로 만족해야 했습니다.

이번 여행에서 예전에 사둔 여행 가이드북을 보면서 다녔는데, 몇 년 사이에 입장료 가격이 두 배로 뛰었어요.

이스탄불에 갔다면 꼭 갈라타 다리를 건너가야 해요! 신시가지와 구시가지를 연결해 주는 다리이기도 하고 또 그곳에는 바로 생선 샌드위치 가게가 있기 때문이죠. 바게트 안에 고등어구이라…. 언뜻 생각하면 궁합이 의심되지만, 그 맛은 엄지 척! 끝내줍니다. 제가 워낙 생선을 좋아하는 것도 있지만, 아저씨의 지글지글 요리 솜씨도 좋고, 생선도 신선하고 빵도 맛나고 바다 냄새도 짭짤하니 좋고, 좋은 사람들과 함께 먹어서도 더더욱 좋고….

맛있는 점심도 먹었겠다, 신나게 갈라타 다리를 건너 신시가지로 향합니다.

신시가지는 작고 예쁜 가게가 엄청 많았어요. 이것저것 구경하며 길을 쭉 걸으니 벌써 이스티크랄 거리. 이 거리는 우리나라의 명동 같은 곳이에요. 관광객뿐 아니라 현지인들도 엄청나게 붐비는 곳!

해가 저물려고 하니, 기온이 점점 내려가네요. 더 이상 민소매로는 버틸 수 없어 이스티크랄 거리에서 청자켓을 사 입었습니다.

그리고 그 길을 따라 아타튀르크 동상까지 쭉 걸었습니다.

동상 앞에 앉아 쉬고 있으니, 사람들이 하나둘 보이기 시작합니다.

지나가는 사람들의 모습, 퇴근하는 사람들의 모습, 쇼핑하는 사람들의 모습, 어딜 가든 사람 사는 모습은 참 비슷해요.

골목길에 작은 테이블과 그것보다 더 작은 의자들이 놓여 있는 노천 카페를 쉽게 발견할 수 있습니다. 이곳 사람들은 작은 유리잔에 블랙티를 엄청 많이 마셔요. 물 대신 마시는 그들의 문화를 느낄 수 있습니다.

함께한 친구 중 한 명은 스케줄 때문에 다음 날이면 도하로 먼저 떠나야 합니다.

어두워질 때쯤 호텔로 돌아와 친구와 보내는 이스탄불에서의 마지막 밤을 아쉬워하며 웃고 이야기하다 보니…. 도대체 몇 시에 잠을 잔 것인지…. 그래도 아침 7시 알람 소리에 번뜩 눈을 떴습니다. 돌아가기 전 친구와 함께 하나라도 더 보자는 마음에 아침밥을 서둘러

먹고 셋이 함께 향한 곳은 그랜드 바자(Grand Bazaar)예요.

이스탄불의 대표적인 시장이라고 할 수 있죠. 실내에 미로처럼 뻗은 시장 골목들, 중간중간 걸려 있는 터키 국기가 시장을 더 화려하게 만들어 주는 듯합니다. 째깍째깍 시간 흐르는 소리가 무심하게 느껴집니다.

노천 카페에서 차 한잔 마시며 우리의 이야기는 여기서 잠시….

빡빡한 일정이었지만, 그래서 더 재미있고 신났던! 세 명이어서 더 좋았던 이스탄불 여행이었습니다.

두 번째 편지

이제 이스탄불에는 두 명만 남았습니다. 세 명 중 한 명이 빠지니, 한풀 꺾인 마음이 생기는 건 사실이지만, 그래도 끝나지 않은 이스탄불의 이야기를 전해 드릴게요. 전날 너무 여기저기 구경한 탓에 이제 더 이상 할 것이 없다는 막막함이 밀려옵니다. 친구를 전철역까지 배웅하고 돌아와 호텔에서 낮잠을 잡니다. 낮잠은 어디서 자던 꿀이죠! 꿀잠에서 깨어 에너지 100% 충전하고 으쌰으쌰 다시 이스탄불 탐험에 나섭니다.

첫 번째 목적지는 호텔에서 멀지 않은 발렌스 수도교.

이스탄불에 남은 언니와는 전에 마드리드 비행에서 함께 세고비아를 다녀온 사이라 왠지 이곳에서도 함께 수도교를 보면 재미있을 것 같아서였죠.

발렌스 황제 시대인 378년에 완성되었다고 하는데 물이 시가지 북쪽에 펼쳐진 베오그라드 숲에서 지하 궁전으로 흘러들었다고 합니

갈라타 다리 옆에 있는 생선 샌드위치 파는 보트.

다. 확실히 세고비아에서 보았던 수도교와는 비교하기 섭섭할 정도의 수준!

그래도 새파란 하늘과 수도교가 참 잘 어울렸습니다.

전날 생선 샌드위치를 먹으러 갈라타 다리를 갔을 때, 제가 텔레비전 여행 프로에서 본 그 광경이 없어 살짝 당황했었습니다.

분명 이스탄불의 명물 중 한 곳이 갈라타 다리에 있는 보트 레스토랑이라고 했는데…. 배는 고프고, 다리도 아프기 시작하는데 보트라고는 사람 실어나르는 유람선밖에 없었죠.

저 혼자였더라면 미련을 못 버리고 이곳저곳 찾아봤겠지만, 저의 흐릿한 기억 때문에 여러 사람의 발품을 팔게 할 수는 없어 결국 다리 밑에 있는 레스토랑에서 샌드위치를 먹었습니다.

알록달록 파라솔에 예쁜 테이블, 저렴한 차에 친절한 종업원 청년들….
이런 게 또 여행의 묘미이죠. 우연히 발견한 보물 같은 곳!

그리고 다시 찾은 갈라타 다리.

우리가 갔던 방향이 아닌 반대 방향에서 다리 쪽을 향하니, 제가 보았던 그 보트가 보입니다! "언니, 바로 저거였어요! 제가 텔레비전에서 봤던 그 보트가 바로 저거였어요."

보트를 보리라 예상치 못하고 그 전에 밥을 먹은 지라 사진으로 한 장 남기고 돌아서야 했습니다. 그대여, 저는 이번 여행을 통해 타이밍의 중요성을 다시금 생각하게 되었습니다.

전날에 비하면 별로 한 것도 없는 것 같은데, 낮잠으로 100% 충전된 줄 알았던 우리의 에너지는 급속도로 닳아 없어졌습니다.

어디 좀… 쉴 곳이….

어느 카페라도 좀 들어가 앉자를 외치며 계속 걷고 걸어도 길을 잘못 들었는지 청계천 전기 파는 골목 같은 곳만 맴돌았습니다. 이러다 죽겠다 싶을 때, 우리의 구세주, 이번 여행에서 엄청난 촉을 발휘한 언니가 멀리서 흐릿하게 보이는 파라솔을 발견합니다.

카페인지 가게인지 몰라도 일단 한 번 가보자는 심정으로 터벅터벅 무거운 발걸음을 내디뎠는데, 이곳은 뭔가요? 파라다이스인가요? 사막에서 오아시스를 발견한 기분이 이런 것일까요?

사람들은 도대체 이곳을 어떻게 알고 찾아온 것인지 신기할 정도로 꽤 많은 사람이 미리들 와서 즐기고 있었습니다.

사진은 또 어찌나 잘 나오는지 언니와 작품사진을 남기고 간다며 신나게 찰칵찰칵! 아무리 쉬고 또 쉬어도 방전된 에너지는 충전될 기미가 보이지 않습니다. 전날 얇게 입고 돌아다닌 탓인지 감기가 오려

금각만과 구시가지, 신시가지까지 한눈에 담으리라는 기대와 함께…. 와우! 생각보다 더더더 아름다운 이스탄불의 모습! 며칠 동안 걸어왔던 길들이 한눈에 보입니다.

나 몸이 으슬으슬 추운 것 같기도 하고…. 우린 그냥 다음 날을 위해 일보 후퇴하기로 마음먹고 호텔로 향합니다.

마지막 날의 아침이 밝았습니다.

오늘은 또 무얼해야 하나를 고민하며 눈을 뜹니다.

진짜 할 거 없는 것 같은데, 라며 여행책을 이리보고, 저리보다 결정한 첫 번째 목적지는 갈라타 탑(Galata Kulesi) 둘째 날에는 이곳을 지나쳐 이스티크랄 거리로 향했는데, 이번에는 탑의 꼭대기에 가보기로 하였어요.

하늘도 너무 예쁘고, 작게 보이는 갈색 지붕 건물들도 아기자기, 멀리 보이는 모스크의 모습까지 이곳에 오길 잘했다며 서로를 칭찬하기 시작합니다. 이스탄불 음식에서 빠질 수 없는 게 바로 디저트죠. 비행에서도 가끔 기내식으로 나오면 맛을 보는데, 한국 사람이 먹기에는 너무 달았어요. 단 거를 좋아하는데도 상상 초월로 달답니다.

그래도 이곳에 왔으니, 안 먹고 그냥 가기는 섭섭하겠죠?

이스티크랄 거리에 위치한 과자 가게, 사라이 무할레비시(Saray Muhallebisi)를 찾아갔습니다. 1949년에 문을 열었다고 하는데, 가게 유리문으로 나이 지긋하신 요리사분께서 젊은 요리사를 감독하는 모습이 보이더군요. 규모가 그리 크게 보이지 않았는데, 들어가 보니 가게가 5층으로 되어 있어요.

많이 못 먹으니 하나만 시켜 먹자며 아저씨의 추천을 받아 디저트와 차를 시켰는데, 작은 파이를 겨우 3개 줍니다.

섭섭하게 4개도 아닌 3개만 준다고 말하려던 차, 한입 먹어 보니 뜨악, 3개 주는 데는 이유가 있었습니다.

단 거 잘 안 먹는 언니는 한입 먹고 손도 안 대고, 저는 아까우니 그래도 먹겠다고 꾸역꾸역 콩알만큼 먹고 차 한 모금 마시고를 여러 번 반복하였습니다. 그래도 결국 다 못 먹고 일어나야 했어요.

그래도 계속 먹다 보니, 차와 디저트의 미묘한 궁합이….

"이제는 진짜 진짜 할 게 없다. 뭐하며 시간을 보내나…." 하던 차에 언니가 전에 봐두었던 유람선 이야기를 합니다.

시간이 촉박하니, 어서 서두르자며 선박장으로 향합니다.

한국에서는 한 번도 타본 적 없는 유람선을 참 이곳저곳에서 많이 타게 되는 것 같아요. 바다에서 바라보는 이스탄불의 모습을 또 어떨지.

기분 좋게 한 시간가량 배에 앉아 이스탄불을 바라보니, 이렇게 마무리되는 여행이 딱 좋다며 100% 만족합니다. 3박 4일 이스탄불에서 너무 알차게 보낼 수 있게, 저와 함께해 준 친구들에게 고마운 마음 가득.

회사에 조인하면서부터 도하와 가까운 이스탄불이라는 도시를 가보고 싶다 노래를 불렀었는데, 이렇게 또 버킷 리스트의 목록에 한 줄을 긋습니다.

그래도 저의 편지로나마 잠시 이스탄불에 빠져 드셨길…. 저의 설렘이 전해져 잠시나마 설레셨길 바랍니다.

PART 04

진짜 여행 이야기

뉴욕 Newyork

10월의 뉴욕은 어떤 모습일까?

'카우치 서핑(Couch Surfing)'에 대해 들어 보셨나요? 카우치 서핑 사이트는 전 세계 사람들을 당신의 호스트(집에 초대하는 사람)로 만들 수 있는 공간이며, 동시에 당신이 모든 사람의 호스트가 될 기회를 만나는 공간입니다. 쉽게 말하면 집에 있는 작은 공간(소파)을 마음 맞는 여행자들에게 제공하거나 제공받는 것을 이야기합니다.

예전에 여행책을 읽으며 몇 번 접한 적이 있는 이야기였지만, 저는 이번 미국 여행을 통해 처음 '직접적으로' 카우치 서핑을 경험하게 되었습니다.

예전부터 모험심이 남다르긴 했지만, 승무원이 된 이후 더더욱 남다른 경험을 찾아 헤매게 되었어요. 그 결과가 바로 카우치 서핑이 된 셈이죠.

카우치 서핑에 관해 듣게 되면 가장 먼저 드는 생각이 '안전'일 것입니다. 인터넷을 통해서만 몇 번 연락을 주고받은 사람을 믿고 타지로 간다는 것이 두렵게 느껴지는 게 당연하죠. 물론 저 또한 그랬습니다. 그래도 남다른 경험을 위해서는 리스크를 감안해야 한다는 생각에 저질러 버렸습니다. 물론 제가 미국을 떠나는 전날까지도 몇몇 사람들은 저의 여행을 못 미더워했습니다.

저의 경험담은 이러합니다.

처음 사이트에 가입하고 가고 싶은 곳에 뉴욕을 검색합니다. 수많은 호스트 중 몇몇 사람들(우선순위: 카우치 서핑을 많이 해 본 사람, 집이 좋아 보이는 사람)에게 메일을 보냅니다. 그리고 답장을 기다립니다. 카우치 서핑을 하는 사람들은 대게 답장을 하루 이내에 보내 줍니다. 한 번 사이트의 매력에 빠져들면 이러한 현상이 나타나는 듯합니다.

그리고 며칠 되지 않아 몇몇은 된다, 몇몇은 안 된다는 메일을 보내 주었습니다. 지금의 이 분, '밴 아저씨' 또한 메일을 보내 주셨습니다. '내가 너를 호스트 해 주고 싶다.' 그리고 집 주소를 보내 주었습니다.

맨해튼의 신흥 부촌이라 불리는 어퍼 웨스트 사이드! 미국 여행을 해 보신 사람이라면 이 지역의 보통 숙박료를 대략 짐작하실 것입니다. 그리고 개인 침실과 개인 욕실이 있다는 아저씨의 프로필까지….

저는 일단 승낙을 하고, 며칠이 가능한지 묻자, 목요일에 도착한다면 가는 날짜는 상관없다는 메일을 받았습니다. 아저씨 프로필에 어떤 여자분이 10일 이상 지냈다는 글을 읽고 신뢰감을 조금씩 쌓을 수 있었습니다.

너무 좋은 조건이라 의심의 눈초리로 모든 것을 계속 알아보고, 계속 물어보아도 참 그저 알맞은, 마음에 쏙 드는 답변만을 주었습니다. 아저씨도 저에 대해 미리 알아야 한다며 미국에 가기 며칠 전부터 몇 번의 통화와 문자를 주고 받았습니다. 이런 식으로 서로에 대한 사전 탐색을 마쳤습니다.

너무 완벽한 조건에 40대 싱글이라는 아저씨의 프로필이 계속 마음 한구석에 물음표로 남았지만, 그래도 이미 결정한 일이고 이 일을 번복하고 호텔을 잡자니 그 금액에 다시금 마음을 다잡고 아저씨를 믿기로 하였습니다.

물론 친절하고 착한 아저씨라도 본인 일이 우선이고 저는 두 번째 순위인 건 당연합니다. 뉴욕 도착 첫날, 저는 커피숍에서 아저씨가 퇴근 시간이 되기를 두 시간 정도 기다리고서야 집에 들어갈 수 있었습니다. 집은 생각 이상으로 깨끗했고 좋았습니다. 제가 쓰게 될 방과 욕실도 좋고 아늑했습니다. 아저씨와는 간단한 소개와 여행 이야기를 나누고서 저는 바로(문을 잠그고) 뉴욕에서의 첫날을 마무리하였습니다.

그렇게 뉴요커 아저씨와 11일간의 신기한 동거가 시작되었습니다.

뜻밖의 소식은 아저씨가 출장을 가셔야 하는 관계로 한 4일 정도는 집에서 혼자 지낼 수 있었던 것입니다. 물론 뉴요커와의 동거도 색다른 경험이라 좋았지만, 역시 불편함을 느끼는 것 또한 어쩔 수가 없습니다. 저를 어떻게 믿고 그 집 열쇠를 맡기셨는지 카우치 서퍼들이 서로를 믿는 신뢰도는 참 대단한 것이구나, 라는 것을 새삼 느꼈습니다. 이렇게 이야기한다고 모든 카우치 서핑이 다 성공적이고 만족스러운 것은 당연히 아닙니다.

좀 특히 당황스러웠던 에피소드를 하나 말하자면, 매일 아침이 조금 어색했습니다. 첫날을 지내고 다음 날 아침은 아저씨께서 일찍 일어나 커피도 내리고 저를 손님처럼 대접해 주셨습니다. 문제는 그 다음 날부터 시작되었습니다. 아침에 일어나 샤워를 마치고(밖에 나가듯 기본 세팅한 상태) 거실에 나오는 나와는 다르게 아저씨께서 흰 티셔츠 한 개만 입고(하의 실종) 설거지를 하는 것이었습니다. 서양인들은 워낙 상체가 짧고 다리가 길어서 그런지 티셔츠 아래로 그냥 다리만 보였습니다.

굿모닝!(앗 저건 뭐지?) 이럴 때 더 어색하게 굴면 내가 이상한 사람처럼 보일까 봐 아저씨에게 웃으며 말했습니다. '밴 아저씨, 팬티는 입고 있는 거죠? 하하하.' 아저씨는 무슨 그런 싱거운 농담을 하냐는 식으로 무심히 계속 설거지에 집중하고 있었습니다. '아 원래 저러는 거구나….'

그 차림새로 매일 아침을 너무도 아무렇지 않게 거실을 돌아다니시는 아저씨를 보며, 저분은 내 아버지다, 아버지다, 라고 암시를 하며 아침을 맞이해야 했습니다.

뉴욕에서 보내는 할로윈 데이

10월의 뉴욕은 어떤 모습일까요?

가게들은 할로윈 데이를 준비하며 쇼윈도우에 멋진 디스플레이로 사람들의 이목을 끌고 가정집에도 작은 소품들로 할로윈 데이가 오고 있음을 알립니다.

할로윈 데이는 10월의 마지막 날을 가리키지만 뉴욕은 10월 내내 축제 분위기입니다.

10월의 마지막 주말, 저는 카우치 서핑 호스트인 밴 아저씨와 자전거를 타고 맨해튼을 한 바퀴 돌 계획을 세웠습니다. 맨해튼의 서쪽 강을 따라 자전거 전용 도로가 잘 만들어져 있어 주말에 자전거를 타는 사람들과 조깅을 즐기는 사람이 굉장히 많았습니다. 붉게 물든 단풍잎과 노란 은행나무 잎이 맨해튼의 거리와 조화를 이룹니다. 그 나무들 사이에서 산들바람을 맞으며 자전거를 타는 기쁨이란….

더욱 인상적이었던 것은 자전거 도로 중간마다 자리한 작은 공원에서 갖가지 할로윈 데이 이벤트를 즐길 수 있었다는 것이었습니다. 어두운 밤은 젊은이들의 축제라면 따뜻한 햇볕이 내리쬐는 낮은 그야말로 아이들의 세상인 듯합니다.

아이들은 갖가지 캐릭터로 분장을 하고 한곳에 모여 서로의 모습을 신기해 하며 바라보았습니다. 그 모습이 어찌나 사랑스럽던지 저는 그 아이들의 모습에 빠져 정신없이 셔터를 누르며 그곳에 한참의 시간의 보냈습니다.

다시 자전거에 올라탔습니다. 몇 분 더 가지 않아 조금 전의 아이들보다 조금 더 귀여운 아이들이 저의 발길을 멈추게 하였습니다. 강아지 할로윈 의상 경연 대회! 어쩜 이렇게 귀엽게 옷을 입혀 놓았는지, 사람과 동물 할 것 없이 그들만의 할로윈을 즐기는 듯합니다.

그 중 맘모스 옷을 입고 있는 퍼그의 주인에게 다가가 함께 사진을 찍어달라고 부탁하였습니다. 강아지 주인은 흔쾌히 저의 요청을 허락해 주었습니다.

아쉽게도 경연의 결과는 보

지 못했지만, 제 예상으로는 디테일이 살아 있던 미니핀이 일등을 하지 않았을까 점쳐 봅니다.

2012년 10월 31일 뉴욕의 할로윈 퍼레이드가 취소되었습니다.

퍼레이드가 시작되기 일주일 전, 샌디라는 이름의 태풍이 뉴욕의 전역을 휩쓸고 지나 갔습니다. 맨해튼의 다운타운은 태풍이 지나간 며칠 동안까지도 전기공급이 되지 않았고, 뉴저지의 피해는 말할 것도 없거니와 퀸즈로 연결되는 전철의 운행도 중단되었습니다. 고지대에 있었던 주민들은 그다지 큰 피해가 없었다 하여도 누구는 태풍 피해로 울고 있는데 누구는 퍼레이드를 즐긴다는 것이 안 좋다고 판단되었는지, 아니면 복구가 늦어져 퍼레이드 라인으로 가는 교통편의 불편함 때문이었는지, 여하튼 역사상 처음으로 뉴욕의 퍼레이드가 취소되었습니다. 설마라고 계속 되내였지만, 뉴욕의 할로윈 퍼레이드를 즐기기 위해 떠난 뉴욕 여행의 클라이맥스가 그렇게 허무하게 취소되는 듯했습니다.

31일 밤, 할로윈 데이 밤을 이렇게 집에서 보낼 수 없다는 집념에 이곳저곳 수소문을 하여 결국 모임을 만들었습니다. 집에서 15분 정도 떨어진 펍(pub)에서 페이스북을 통해 급히 결성된 모임의 사람들과 만나기로 하였습니다. 얼굴도 이름도 모르는 그들을 만나기 위해 옷을 입고 화장을 하고, 카타르 집에서부터 챙겨온 옷과 소품으로 장식을 하고 밖을 나섰습니다. 처음에는 진한 화장과 망사 스타킹이 쑥스러웠는데 모두들 너무도 독특하게 차려입고 거리를 다녀 정작 아무도 저의 의상에는 관심을 갖지 않음을 알아차리는 데에는 그리 많은 시간이 걸리지 않았습니다.

모임 사람들을 찾는 것은 어렵지 않았습니다. 펍에 도착해 주위를 두리번거리자 누군가가 말을 시켰습니다. 그들이었습니다. 작은 펍에는 사람들이 굉장히 많았습니다. 다들 갈 곳 없는 사람들이 특정 센터(?)에 모여들 듯, 시간이 지날수록 기하급수적으로 그 숫자가 늘어

처음 펍에 도착했을 때 함께한 멤버: 뉴욕의 한 회사에서 인턴십 중인 이사벨라(프랑스), 태풍과 함께 뉴욕에 상륙한 나(한국), 대학생인 나비(카자흐스탄)

났습니다.

처음 세 명이 조촐하게 시작된 모임도 시간이 갈수록 많은 사람들이 모여 들었습니다. 그곳에서 만난 아이들이 계속 저에게 한 질문은 의상의 콘셉트였습니다. 저는 그저 어둡게만 보이면 된다고 생각해서 검은색 옷에 검은색 화장을 했는데 다들 콘셉트가 있어야 한다고 말했습니다. 콘셉트라, 음…. 저의 설명은 결혼하기 전날 죽은 처녀 귀신 정도였습니다. 그런데 만나는 아이마다 블랙스완과 비슷하다고 말해 주었습니다. 그래, 아무렇게나 부르렴. 처음 해 보는 할로윈 파티로 알게 된 하나는 의상의 콘셉트가 있어야 한다는 것이었습니다. 내년에는 꼭 나만의 콘셉트를 가지고 의상을 준비해야겠다고 생각해 봅니다.

몇 잔의 콜라와 수다와 사진들로 아쉽지만 그래도 아쉽지만은 않은 뉴욕의 할로윈 데이를 보냈습니다.

아쉽게 취소된 뉴욕 시민 마라톤 대회

마지막 날, 아쉬운 마음을 달랠 겸 센트럴 파크로 산책을 갔습니다.

주말이라 그런지 사람들이 꽤 많이…. 그러기에는 너무도 많은 사람들이 뛰고 있었습니다. 이유를 알고 보니 그날이 바로 뉴욕의 큰 행사 중에 하나인 뉴욕 시민 마라톤 대회가 열리기로 한 날이라고 합니다. 그런데 태풍 샌디 때문에 대회가 취소되었다고 합니다. 태풍 샌디가 참 많은 일을 한 듯했습니다…. 할로윈 퍼레이드도 취소시키더니 마라톤까지….

그 아쉬움을 달래고자 사람들이 다들 센트럴파크에 모여서 자신

들 만에 마라톤 대회를 열었던 것입니다. 서로가 서로에게 기압을 넣으며 몇 백 명의 사람들이 한마음으로 뛰는데, 그 모습이 따뜻한 가을에 햇살과 맞물려 아름다운 그림을 만들어 주었습니다. 그곳에 저 또한 함께할 수 있음을 감사했습니다.

다합*Dahab*

미지의 세계,
이집트

그동안 특별하지만 반복되는 특별함 속에 무뎌져 특별한 일 없는 일상을 보냈습니다. 그러니 자연스럽게 당신께 드릴 편지를 쓰는 일조차 잠시 접어 두었죠.

무미건조한 일상 속에서 다시금 특별함을 찾아 이집트 시나이 반도에 있는 '다합'이라는 곳까지 왔습니다. 여행을 마치고 저의 소식을 기다리고 있을 그대에게 이야기를 들려 드립니다. 척박할 것만 같은 이집트에 여행자들의 블랙홀이라 불리는 곳, '다합'.

가장 좋아하는 프로그램이 뭐냐 물어보신다면, 저는 한 치의 망설임도 없이 말할 수 있습니다. '걸어서 세계 속으로'라고. 여행을 좋아하는 사람이라면 저의 이 대답에 큰 공감을 보여 주시리라 생각됩니다.

그러나 예전에 보았던 그 '걸어서 세계 속으로'의 꿈같은 여행 이야기가 하나둘 저의 삶 속에 스며들며, 이곳 카타르에서는 프로그램을 찾아보는 일이 점점 줄었습니다. 그러다 몇 개월 전 우연히 한 편의 방송을 보게 되었습니다. '이집트 시나이 반도편'. 이집트는 저에게는 멀고도 가까운 곳으로 여겨집니다. 마치 한국에 있을 때 '중국'과도 같은 느낌이라면 조금 이해하기에 더 쉬우실까요?

이곳 카타르에 이집트인들이 많아 친근한 면도 있고 3시간 남짓 걸리는 카이로는 벌써 몇 번이고 비행을 했습니다. 물론, 턴어라운드라고 해서 카이로에 도착하면 한 시간 만에 다시 도하로 돌아오는 짧은 일정의 비행이라 시내를 구경하지는 못했습니다.

그렇게 가깝고도 멀게 느껴지는 이집트에 '여행자들의 블랙홀'이라 불리는 곳이 있다고 들었을 때, '바로 이곳이 내가 가야 할 그곳이구나'라는 생각을 하였습니다. 세상에 누가 예상이나 했을까요? 텔레비전 속에서 소개되는 여행지가 마음에 든다는 이유 하나만으로 짐을 꾸려 그곳으로 떠날 결심을 할 날이 오게 될지 말입니다.

그런 삶을 사는 제 자신이 문득 소름 끼치게 놀라울 따름입니다. 여하튼, 그런 이유로 저는 6월 일주일간 머물 휴가지를 다합으로 결정하였습니다.

- 도하 – 카이로 (3시간_카타르 항공)
- 카이로 – 샴 엘 쉐이크 (1시간_이집트 항공)

비행기를 두 번이나 갈아타고 공항에 마중 나와 있는 운전기사 아저씨를 따라 차로 1시간가량을 더 달려, 마침내 다합에 도착하였습니다.

꿈이다, 꿈이 아니다. 이곳은 꿈이다! 마치 제가 도착한 그곳은 꿈 같았습니다. 타는 듯한 태양에 눈 부신 바다, 색색별로 치장한 가게들, 거리를 활보하는 낙타, 말, 사람들. 다합에서 제가 계획한 일은 딱 두 가지였습니다. '스쿠버 다이빙'과 '시나이 산 투어'.

시나이 산 투어

호텔에 도착하니 한 분이 저에게 인사를 건네시며 저의 계획을 들으시고는 일정을 조율해 주었습니다. 그 결과 저는 도착한 그날 밤, 시나이 산 투어를 하게 되었습니다.

밤 11시 차 한 대가 호텔 문 앞에서 기다립니다. 작은 봉고차는 저를 태우고는 이곳저곳을 들려 몇몇의 사람을 더 태운 후 달캉달캉 도로를 달렸습니다.

일을 마치고 새벽에 도착해 그 길로 바로 짐만 들고 이집트로 향한 터라 저는 그 달캉거리는 차 안에서도 숙면을 취하며 어떻게 간지도 모르게 그곳, 그 산에 도착하였습니다. 그곳에서 한 남자가 저희를 맞아 주었습니다. 그 남자를 사람들은 '베두인(중동의 사막에서 유목 생활을 하는 사람)'이라고 부릅니다.

그의 안내로 저희는 산을 오르기 시작했습니다. 한 발, 두 발, 차에서 시야가 멀어질 때쯤, 우리는 칠흑 같은 암흑과 만나야 했습니다. 그 암흑과 만나는 동시에 저는 수많은 별을 만났습니다. 우수수 떨어질 듯한 별들. 별의 빛이 길을 밝힐 정도로 셀 수 없는 수많은 별….

어메이징이라고 감탄하는 저를 보며 웃음 짓는 아저씨. 저 베두인 아저씨보다 100배는 더 많은 것을 누리고 산다고 생각하지만, 저 아저씨가 평생 함께한 이 수많은 별을 저는 그곳에서 처음 보게 되었습니다. 이 아름다운 자연 앞에서 누가 무엇을 더 누리고 산다고 어찌 감히 말할 수 있을까요?

앞에도 설명했듯 저의 몸 컨디션이 그리 좋지 않았음에도 시나이 투어를 바로 떠난 것은 분명 '투어에 대한 자세한 정보'가 없었던 덕분이었습니다. 만약 미리 숨이 넘어갈 듯한 고통에 대해 좀 더 숙지하였다면, 결코 이런 강행군을 시작하지 않았을 것입니다. 그래도 지나니 좋은 추억으로 자리한 것은 분명한 사실이지만, 가는 내내 이것은 고행이다, 라는 생각을 수십 번, 수백 번을 되뇌며 한 발, 한 발을 옮겼습니다.

그렇게 숨이 넘어가 이제는 포기해야겠다고 생각할 때쯤이면, 장난처럼 그곳에서 멀지 않은 곳에 작은 커피숍이 보이기 시작합니다. 그 작은 불빛을 바라보며 한 걸음 더 걸으면 그 작은 커피숍에는 마치 저 하나만을 기다리고 있었던 것 같은 주인아저씨가 반갑게 반겨주십니다. 그곳에는 12개 정도의 커피숍이 있다고 합니다. 이제 더 이상은…. 이라고 할 때쯤 한 곳씩 나타나는 쉼터. 마치 발걸음 수를 세어서 위치를 정하기라도 한 듯이 딱 죽을만큼 힘들면 한 개씩 나타나 저에게 일용할 양식을 제공해 주는 곳.

모세가 십계명을 받은 산이라 해서 유명해진 시나이 산. 믿음의 조상이 걸었던 그 길을 함께한다는 것만으로도 가슴 벅차 오르는 그곳에서 보는 일출.

안개가 많아 산에 걸쳐 올라오는 태양을 보지는 못했지만, 저 뜨는 태양을 바라보며 듣는 찬송가 소리는 온몸에 전율을 느끼기에 충분했습니다. 주변에는 저와 같은 사람들로 가득했습니다. 그룹으로 함께 등반한 사람들끼리 찬송가를 부르고 예배를 드리고 기도를 드리고, 함께 기쁨을 나누는 모습들. 이런 좋은 곳이라면 혼자라도 외롭지 않습니다.

해 뜨기 전 마지막으로 지나쳤던

나와 함께 사진을 찍어줄 수 있어? 가장 베두인다운 한 청년에게 방긋 웃으며 물어보니 고개를 끄덕입니다. 그렇게 인증사진까지 찍었으니, 이곳에 오길 너무 잘했다며, 고생 끝에 확실한 '낙'을 경험하였다는 생각에 뿌듯해집니다.

그 커피숍에 다시 가니 저희를 가이드 해주셨던 아저씨가 시샤(물담배)를 즐기고 계십니다. 아저씨와 함께 정상 정복의 기쁨을 나누며 이야기를 나눴습니다. 아저씨는 이 산을 1,000번도 넘게 오르락내리락 했다고 합니다. 그 이야기를 듣고 저만큼이나 힘들어 했던 영국 여자가 반문합니다. "너무 고생스럽네요. 다른 일을 찾지 그래요?" 그 아저씨는 대답합니다. "왜요? 이게 내 삶인데."

우리는 항상 삶을 개척해야 한다고, 더 좋게 더 잘살게 더, 더, 더를 외치며 앞으로 나아야 한다고 생각합니다. 그 생각만큼 나아가지 못하면 사람들은 우울해지고 자책하죠. 이것이 우리의 삶입니다. 아저씨의 삶을 안타깝게 바라보는 그 아이의 시선과 교차되, 우리의 이런 삶이 그 아저씨 눈에는 또 어떻게 보일지….

산에 오를 때는 손전등의 희미한 불빛에만 의존에 한 발 디딜 만큼의 길만 보고 걸었는데, 아침이 되니 죽어 있는 듯한 이 돌산에도 생

명이 자라남을 볼 수 있었습니다. 돌 틈에서도 생명을 키워내는 놀라움.

산을 내려올 때는 한결 가뿐했습니다.

바위에 모래 먼지가 쌓여 미끄러지기 쉽지만, 천천히 내려오다 보면 낙타도 보이고, 조랑말도 보이고, 중간중간 관광객을 상대로 기념품을 파는 사람들도 마주치게 됩니다.

시나이 산을 다 내려오면 하나님이 모세에게 불타를 떨기나무를 보여 주셨다는 카타리나 성당을 방문합니다. 그 성당을 끝으로 시나이 산 투어를 마치게 됩니다.

아무 말 없이 앉아 있는 베두인 남자가 인상적이어서 사진을 찍어도 되냐고 물어보니 고개를 끄덕이며 카메라 렌즈를 응시합니다. 이 남자의 눈빛에서 왠지 그들을 삶이 읽히는 듯합니다.

여태껏 전 세계에서 한 투어 중 20달러도 안 되는 가장 저렴한 투어에서 '가장 값진 것'을 보고 경험하고 느꼈다고 생각하니 생각이 많아지는 만큼 잔상이 오래도록 기억될 것 같습니다.

스쿠버 다이빙

다합에 간 두 번째 이유, 스쿠버 다이빙!

본격적인 스쿠버 다이빙 이야기에 앞서, 어떻게 제가 이집션이 운영하는 7heaven 호스텔에 머물며 스쿠버 다이빙을 하게 되었는지 말씀드려야 할 것 같습니다.

- 여자 혼자 여행
- 미지의 나라: 이집트
- 스쿠버 다이빙

여러 가지 정황과 네이버에 여러 이름으로 소개되는 다합의 스쿠버 다이빙 관련 정보들을 보며, 처음에는 한국인이 운영하는 숙소에 머물며 다이빙을 하려 계획하였습니다.

시설도 깨끗하고 친절한 강사님들에 대한 칭찬이 줄 이어 써진 댓글들을 보며 '몸도 피곤한데, 고민하는 시간이라도 아끼자.'는 마음에서였죠.

그렇게 여행 날짜가 다가오고, 조금 더 생각하고 검색하고 하면서 고민에 빠졌습니다. 가장 큰 이유는 저의 성격 때문이었습니다. 외국인 앞에서는 '할 말은 하는 B형'이지만, 한국인들 앞에서는 '쑥스러워하고 낯을 가리는 극소심 A형'의 모습이기 때문입니다.(제 성격은 왜 이럴까요?)

마음 편안히 쉬고 싶은 여행, 한국인이 운영하는 숙소에 머물면 너무도 잘 해주실 것이 분명하지만, 그 또한 부담을 가지며 눈치를 보게 될 저를 잘 알기에 어떻게 해야 하나 고민했었죠. 저를 아는 지인들은 고민하는 저의 이야기를 듣고 다들 명쾌하게 합창해 주었습니다. '나라면 한국인이 하는 숙소에 가겠지만, 넌 당연히 외국인이 하는 데 가야지.'

뭔가 찜찜한 이 대답, 칭찬인지 욕인지 정체 모를 한 문장으로 저는 이집션이 운영하는 '7heaven'에 가게 되었습니다.

이집션들에게는 협상을 잘하면 조금 저렴하게 지낼 수 있다는 이야기를 접한 터라, 저는 그곳에 가서 "나는 카타르에서 왔다. 카타르도 아랍어를 쓰니 우리는 패밀리나 다름없다. 겨울에 친구들을 많이 데려오겠다. 카타르 항공에 승무원이 얼마나 많은지 아느냐."며 너스레를 떨었습니다. 그 결과 일주일간 오픈워터와 어드벤스 오픈워터 자격증 코스 비용만 내고, 일인실 객실 요금은 공짜로 지내기로 합의를 봤습니다. 이렇게 말하는 저 자신을 보며 참…. 한국인 앞에서는 상상도 할 수 없는 일을…. 사람이 어디까지 이중적일 수 있는지에 대해 생각하게 되었죠.

일주일이라는 여행을 계획하며 느긋하고 편안한 여행이 되리라 예상한 것과 달리, 다이빙 강사였던 '하산'은 저를 엄청 닦달했습니다.

여행 전날 비행을 마치고 새벽에 집에 도착해 가방만 바꿔 들고 이집트로 향했고, 그날 밤에 바로 시나이 산을 올랐습니다. 그렇게 여행 첫날을 보낸 데다가, 다음 날 오후에 숙소에 도착해 하산에게 도착했다고 말하니, 그럼 1시간 후부터 다이빙을 시작한다고 통보해 왔습니다. '당신 일정에 스케줄을 다 소화하려면 어쩔 수 없어요.'

숙소에 들어가 대강 옷만 갈아입고 숙소 내에 있는 식당에서 햄버거를 시켰죠. 코로 들어가는지 입으로 들어가는지 모르게 꾸역꾸역 쑤셔 넣고, 35도의 땡볕에 다이빙복을 입고 5kg이 넘는 벨트를 차고 가스통을 매고, 이러다 죽겠다 싶었습니다. 느긋하고 편안한 여행은 온데간데없이 최소한의 잠이라도 재워달라는 말이 목구멍까지 차올

랐습니다.

결국, 바다에 들어간 지 30분도 되지 않아 저는 귀 아픔과 속 울렁거림을 호소하며 물 밖으로 나왔습니다.

몇 시간 전 먹었던 음식들을 다 확인하고 그렇게 실신…. 오후 3시에 잠들어 다음 날 6시에 깼으니 15시간 동안 저는 이곳이 도하인지 다합인지 한국인지도 모르고 잤습니다.

잠이 보약이라고 하더니 다음 날이 되니 엄청 상쾌하더군요.

하루 이틀이 지나고 점점 장비들에 적응하고 바다에 적응하니, 바닷속 풍경이 점점 눈에 들어왔습니다. 말로는 다 표현할 수 없을 아름다움. 다합의 바다! 이래서 사람들이 다합을 '여행자의 블랙홀'이라 부르는구나.

아름다운 바다, 그보다 더 아름다운 바닷속, 맛있고 저렴한 음식, 저렴한 숙박시설, 재미있는 이집트 사람들, 그리고 좋은 날씨까지….

오픈워터 과정은 바닷속에서 당할 수 있는 위급 상황들을 대처하는 훈련을 받는 거라 그리 재미있지는 않았지만, 어드벤스 과정으로 접어드니 고생한 보람이 느껴졌습니다.

어드벤스에서 호주인 강사님과 함께한 '물고기&해조류 관찰'과 '나이트 다이빙'이 특히 인상적이었어요.

물속에 들어가지 전 다합 물고기들의 특성들 설명해 주시고, 브리핑에서 공부한 물고기를 바닷속에서 실제로 찾아보는 과정으로 진행되었는데…. 와우! 그 강사님 자체가 워낙 물고기를 좋아하셔서 그런지, 그 열정과 희열이 저에게도 전해져 좋았습니다.

그리고 밤에 실시한 '나이트 다이빙' 낮에 활동하는 물고기&밤에 활동하는 물고기가 나뉘어, 낮에는 볼 수 없던 또 새로운 무언가를 볼 수 있으리라는 흥분으로 가득했습니다. 4명이서 팀을 이뤄 나이트 다이빙을 하는데, 주어진 45분 동안, 'if you are lucky, you can see this, this, this, and this….' 저는 문어를 찾아내리라 다짐하며, 어두컴컴한 밤바다 속을 손전등으로 이리저리, 꺄악! 결국 저는 찾

우리가 가게 될 블루홀에 대한 브리핑 중인 하산과 경청하는 우리들.

아다니던 문어는 못 찾았지만, 거북이를 찾았습니다. 순간 저도 모르게 소리를 질렀죠. 물론 아무도 못 들었지만요. 팀원들에게 온갖 방법을 써가며 거북이 방향을 가리켰습니다. 순간, 저를 포함한 4명이 거북이를 향해 모여들었죠. "하하, 봤지? I am a lucky girl!"

다합에는 숙소에서 차로 30~40분 정도만 가면, 좋은 다이빙 코스가 많다고 합니다.

저희는 그중에서 캐년(Canyon)과 블루홀(Blue hole)에서 다이빙을 하였습니다.

6월이 성수기가 아님에도 불구하고 많은 사람들이 스쿠버 다이빙을 즐기기 위해 모여들었습니다.

마지막 다이빙을 하고 24시간 정도 쉬어야 비행기를 탈 수 있다고 합니다. 기압 차 때문이죠. 드디어 마지막 날이 되어, 저에게 24시간의 자유 시간이 주어졌습니다.

마지막 날을 어떻게 보낼까 고민하다가 스쿠버 다이빙 강사 중 한 명에게 카메라를 빌려 스노클링을 하였습니다.

'걸어서 세계 속으로'에서 보았던 바로 그 장면!

사실이었구나. 가게에서 물안경만 빌려 물속에 들어가면 보인다는 수많은 물고기와 해조류들…. 진짜였습니다.

물안경 하나 끼고 들어간 물속에서 저는 마치 인어공주가 된 기분이었습니다. 수백 마리의 물고기들이 저의 주위를 가득 채우고 그들의 아름다움을 뽐내고 있었습니다.

아름다워라, 아름다워라, 아름다워라, 아… 아름다워라.

아름다운 바닷속 여행을 끝으로 저의 일주일간의 여행이 아름답게 마무리되는지 알았습니다.

저에게 큰 시련이 기다리고 있는지 이때는 몰랐었죠.

끝나지 않은 이야기

비행기를 놓쳤습니다. 처음 있는 일이었습니다.

미니멈(다음 비행 12시간 전까지 숙소에 들어가야 함) → 경고장(6개월 동안 승진 무산, 휴일 기간 중 승무원 할인 티켓 사용금지) → 그렇게 기대하던 F1(비즈니스 승무원)이 되는 기회를 잃는다. 이런 생각들로 머리가 멍해졌습니다.

'미치겠다!'라고 계속 중얼거리며 이집트 공항을 배회했습니다. 어떻게 이 문제를 해결해야 할지 앞이 캄캄했습니다.

불안하긴 했었어요. 샤름 엘 쉐이크 공항에서 카이로까지 도착해서, 비행기를 바꿔 카이로에서 도하로 돌아가야 하는데, 1시간 45분 안에 이집트 항공기(터미널 3)에서 카타르 항공기(터미널 1)로 갈아타야 했으니(터미널 1-3 구간은 버스로 10~15분 정도 일반 도로를 지나야 함).

첫 구간(다합-카이로)에서 15분 정도 지연되었습니다. 짐을 찾는 데도 15분 정도 지체되었습니다. 공항에서 나와 카타르 항공이 있는 터미널까지 셔틀버스를 타야 하는데(결정적 실수인가?) 공항을 나오니 이집트 택시 운전기사들이 무더기로 다가와 택시를 타라고 호객 행위를 합니다.

그냥 그 순간, 그들과 말을 섞고 싶지 않았습니다. 터무니없이 불러대는 가격 또한 어이가 없을 뿐이었죠. 그렇게 5분을 지체했을까? 지나고 보니, 그 5분이라는 시간이 비행을 놓치게 된 결정적인 이유가 되었다는 것이 저를 더욱 미치게 했습니다. 그렇게 멍하니 있으니 제 옆에 멍하니 저를 바라 보던 한 아저씨가 어수룩하게 말을 겁니다. 그렇게 그 아저씨의 차를 타고 '터미널 1'로 달렸습니다. 주차장에 도착해 대강의 돈을 쥐여 주고 공항으로 뛰었습니다. 중간에 어떤 아저씨가 짐까지 들어 주며 저를 탑승 수속하는 곳까지 안내해 주었습니다.

"끝났습니다."

수속 창구에서 서 있는 아저씨가 싸늘한 얼굴로 문을 닫았다는 말을 합니다. 10~15분을 울부짖으며 짐을 버리고 몸만 가겠다고 했지만, 끝내 그들은 저에게 자비를 베풀어 주지 않았습니다.

인샬라: 하나님의 뜻이라는 말입니다. 이슬람교도들이 입버릇처럼 하는 말이죠. 저에게 찾아온 행복, 불행, 고통, 희열, 그 모든 것이 하나님의 뜻이라는 것입니다.

내가 비행기를 놓친 것이 하나님의 뜻이란 말인가? 내가 믿는 하나님은 그렇게 매정한 하나님이 아닌데….

일주일 동안 이집트에 있으면서 '현실이 아닌 것 같은 느낌'을 계속 받았습니다. 마치 꿈을 꾸고 있는듯하게 계속 붕 뜨게 지냈죠. 비행기를 놓친 그 순간에도 이것이 현실이라는 자각을 하지 못했습니다. 이 몽환적인 상황에서 깨려 애를 써도 머릿속이 뿌해 판단 능력이 마비돼 버린 것 같았습니다. 휴대전화 와이파이로 다른 비행기편을 알아보려니 사이트의 창이 뜨지 않습니다.

휴대전화에 입력된 전화번호를 켜고 도움을 받을 만한 친구들을 찾아보지만 많지 않습니다. 어렵게 한 명의 친구와 연락이 닿았습니다. 친구가 여러 방면으로 찾아보았지만, '승무원 할인을 받아 도하에 돌아갈 방법'이 어디에도 없습니다. 또다시 멍해집니다. 일주일 동안 하루에 한 끼만 먹고 살인적인 스케줄을 소화하였습니다. 머리 회전이 될 리가 없었죠.

마지막으로 '이집트 에어' 창구에 가서 도하행 항공편이 있는지 물어보았습니다. 이집트 에어는 승무원 할인과 연계된 항공사가 아니라 처음엔 알아보지 않았습니다. 4시간 후에 출발하는 비행기편이 있다고 합니다. 지금까지 제가 무얼 한 것인지 모르겠습니다. 너무도 간단하고 정확한 방법이었습니다. 비행기표를 사고 공항 터미널 1로 되돌아갔습니다. 물론 셔틀버스를 타고…. '터덜터덜.'

이런 어처구니 없는 일이 왜 저에게 일어났는지 생각하지만, 저의 탓을 하고 싶지 않았습니다. 대신 저는 수첩과 펜을 꺼냈습니다. "이런 상황에서 생각나는 좋은 점"에 대해 적어 보기로 결심하였습니다.

1. 미니멈(다음 비행 12시간 전까지 숙소에 들어가야 함)을 지킬 수 있다.
2. 세상에는 다 해결 방법이 있다는 사실을 다시 한 번 알게 되었다.
3. 생각보다 티켓 가격이 저렴하다.
4. 여행을 정리할 시간이 있다.
5. 하나님을 찾았다.
6. 고마운 친구가 생겼다.
7. 집에 간다.
8. 이집트 항공을 타보게 되었다.(마치 완벽하게 이집트 여행을 완성한 듯)
9. 공항에서 이집트표 버거킹을 맛보았다.
10. 당분간 여행 생각을 안 하겠구나, 돈이나 모으자!

좋은 점을 찾으려 미간에 주름까지 만들었지만, 숫자를 하나하나 채우면서 스스로 생각해도 내용이 어이가 없어 실없이 웃음만 납니다.

수첩에 적어놓은 글을 다시금 편지에 옮기며, 지금 든 생각은….

11. 인생을 조금 배웠다는 것!

그대여, 끝날 것 같지 않던 이집트 여행이 끝이 났습니다.

마지막 저의 소감을 한마디로 정의한다면, 천국과 지옥이 공존하는 곳, 이집트.

IT'S FINE.

IF NOT, IT'S GOING TO BE FINE ANYWAY.

캄보디아Cambodia

휴식을 찾아 떠난 곳, 캄보디아

9월의 어느 날, 저는 어디론가 훌쩍 떠나고 싶었습니다.

한국에서는 추석이라고 온 가족이 북적이며 다들 웃으며 이런저런 이야기로 그동안 못다 한 회포를 풀겠지만, 왜인지…. 전 그냥 혼자만 있고 싶었어요.

그래서 떠났습니다.

한국 여자 혼자 여행을 계획할 때는 고려해야 할 사항이 많아요.

여행지가 안전한지, 혼자 여행하기에 지역 물가가 너무 비싸진 않은지, 24시간이 5번이나 반복되는 시간 동안 외롭다는 생각이 들지 않을 만큼 주변에 볼거리, 즐길거리가 많은지 등등 말이죠. 세계지도를 펴놓고 생각했습니다.

이런 여행 어떠세요? 어딘가를 가고 싶어 떠난 것이 아니라, 떠나고 싶어 어딘가를 찾는 그런 여행. 몇몇 리스트 중, 제가 선택한 그곳은 캄보디아였습니다. 캄보디아, 옛날 옛적 어느 드라마의 주인공이 운명적인 만남을 가졌던 그곳, 그때 알게 된 곳.

캄보디아는 우기라고 합니다. '비야 뭐 올 테면 오라지, 도하에선 일 년에 3번도 내릴까 말까 한 그 비를 실컷 보고 오겠어.' 그렇게 전 여행 시작 이틀 전, 호텔을 예약하고 비행기표를 알아보고 짐을 쌌습니다.

뭔가 정적일 것이라는 예상과 달리 방콕에서 경유하며 만난 과하게(?) 귀여운 비행기가 제 여행이 마냥 고독하지만은 않으리라는 기대감을 갖게 해 주었습니다.

70석 자리의 작은 경비행기를 타고, 프로펠러가 창문 밖으로 열심히 돌기 시작하면서 저의 알록달록한 캄보디아 여행은 시작되었습니다.

공항에 내려 택시를 잡아타고 호텔로 향했습니다.

한국에서 출발이라면 5시간 정도 걸리는 짧은 여행이겠지만, 카타르에서 출발한 저는 7시간 정도되는 방콕행 비행을 거쳐 1시간을 더 타고서야 이곳에 도착했습니다.

어차피 혼자이니 그냥 마음 내키는 대로 하리라 다짐하며 첫날은 시차 적응도 할 겸 호텔에서 잠이나 실컷 자자고 생각했습니다.

그야말로 나른한 오후를 보낼 생각이었죠. 방 열쇠를 받고, 호텔 방에 들어가 짐을 풀고 나니 갑자기 에너지가 충전된 이 기분.

호텔 앞에서 툭툭(오토바이 택시)을 타고 올드 마켓으로 향했습니다.

알록달록, 내가 지금 동남아에 온 것이라는 확신을 주는 분위기!

'아, 왔구나. 내가 캄보디아까지 오다니….'

금강산도 식후경, 앞에 보이는 식당을 들어갔죠.

보슬보슬 파인애플 볶음밥! 보기에도 먹음직스러웠지만, 사진을 찍으니 더욱더 맛있어 보이는…. 그렇지만 한입 먹으면 '엄! 청! 맛! 있! 다!'

새우 스피링 롤까지! '바삭바삭!' 캄보디아의 물가는 상상 그 이상이었어요. 이곳은 관광지인데도 이 정도 가격대라면, 주민들이 이용하는 식당가의 가격은…. 500원이나 할까요? 파인애플 볶음밥, 스피링 롤, 물 한 병의 가격이 5달러 정도였어요. 유럽이었으면 커피 한잔도 못 사 먹을 돈인데….

그대여, 전 캄보디아가 더 좋아졌어요. 관광객을 상대하며 높게 높게 올리기보단 그들의 그런 생활을 조금은 느끼게 해주는 것 같았거든요. 그들의 그런 소박한 생활 모습을요.

식사를 마치고 올드 마켓으로 들어갔습니다.

올드 마켓은 시엠립 시내 안에 작은 구역을 만들어 놓은 곳이에요. 큰 사각형 단지 안에 소상인들이 옹기종기 모여 물건을 팔죠.

뭘 하나 사고 싶은 마음은 있지만, 뭘 사야 할지 몰라 한참을 서성이다 여행자들의 마스코트 같은 머리띠를 하나 발견했어요. 1달러짜리 머리띠를 하고, 사진 한 장 찍어 달라고 부탁하니, 오케이를 외치며 흔쾌히 사진을 찍어 주네요.

여기 있는 사람들은 참 잘 웃고, 참 친절하고, 참 소박해요.

사람들이 좋아 또 찾고 싶은…. 이들과 조금 더 말하고 싶고, 더 알아가고 싶고, 더 함께 웃고 싶어 지내요. 거리를 지나면 불교 사원

들을 어렵지 않게 볼 수 있어요. 처음엔 건물이 예뻐 사진으로 남길 생각이었는데, 카메라 렌즈를 통해 본 건물 안에는 옹기종기 모여 있는 학생들의 모습도 발견할 수 있었어요. 중앙 앞에는 어렴풋이 스님의 모습도 보입니다. 처음에는 캄보디아 사람들이 항상 웃고 있는 게 신기했어요. 많이 갖고 더 많이 누리는 유럽의 어느 사람들은(한국도 마찬가지겠죠) 미간에 주름이 깊게 패여 있는데 말이죠.

그런데 거리를 서성이며 조금씩 알게 되었죠. 따뜻한 햇살과 푸른 자연, 끝없이 이어진 강과 역사, 거기에 사랑하는 사람들이 함께라면 웃지 않을 이유가 없다는 걸요. 그대여, 우리는 저 중에 무엇이 빠져있기에 저들처럼 웃지 못하는 걸까요?

올드 마켓에서부터 천천히 걸으니 호텔까지 도착해 버렸어요. 산책 참 잘했다고 생각하는데, 저 멀리서 구수한 냄새가 나네요. 숯 향기에 더해져 먹음직스러워 보이는 비주얼로 절 유혹했지만, 오늘은 사진 한 장으로만 만족하려고요. 그래 봐야 오늘이 여행 첫날인 뿐인걸요.

전, 지금 참 행복해요. 그대도 저의 이 편지를 받고 잠시나마 행복했으면 좋겠어요.

다음 날, 여행 시작 전의 걱정과 달리 날씨가 너무 좋아 다행이에요. 그리고 또 좋은 소식이 있어요. 여행 사이트에서 저처럼 혼자 여행하는 한국 여자분을 찾아 동행하기로 했죠. 오늘부터는 더 신나는 여행이 될 것 같아요. 전 아무런 계획이 없던 터라 그분의 일정을 따라다니기로 했습니다. 앙코르 톰: 바이욘 사원&바푸온 사원&코끼리 테라스&따 프롬까지.

처음에 찾은 곳은 바이욘 사원입니다.

동서남북 사면을 바라보며 미소를 띠고 있는 관세음보살의 얼굴.

멀리서 바라보면 저런 얼굴이 각 기둥마다 끝도 없이 조각되어 있습니다.

바이욘 사원 안에 들어가니 전통 의상을 입은 사람들이 앉아 있어요. 관광객을 상대로 사진을 함께 찍어 주고 1달러씩 받더라고요. 제가 이런 기회를 놓칠 리 없죠. 저도 한 장 부탁했습니다. 저기 앉아 계신 분들이 한국말을 잘하시더군요. '언니, 앉아. 이렇게 해.' 하며 손동작까지 알려 주었습니다.

바이욘 사원을 지나 코끼리 테라스에 도착했습니다. 처음에는 다리 위를 걸으며, 도대체 코끼리는 어디 있는 거냐며 찾아다녔어요. 다리를 받치고 있는 기둥에 코끼리 조각이 있는데 말이죠.

등잔 밑이 어둡다는 말은 이럴 때 적용되는 건가 봐요.

나무가 점령해 버린 사원, 따 프롬

사원은 13세기 후반부터 이어진 샴군의 침략과 내분으로 수백 년 동안 방치되었다고 합니다. 그러면서 사원 주변의 유난히 무성한 밀림과 새들의 분뇨 속에 섞여 버려진 상록수의 씨앗이 자라면서 사원과 나무가 뒤엉키게 되었죠. 자연의 힘이 느껴지는 곳입니다. 따뜻한 햇살을 받으며, 사원을 이곳저곳 걸어 다니니 어느새 저도 벽에 조각되어 있는 그들의 미소를 닮아가는 듯합니다.

사원은 꼭 외국 관광객을 위한 곳만은 아닙니다. 이곳 사람들도 많이들 오갑니다. 앙코르 와트는 종교적인 곳이니 이곳이 그들에게는 성지

그대여, 전 이곳에서 아기 천사들을 많이 보았어요. 너무도 아름다운 눈망울을 갖고 있는 아이들. 사진기를 들이대니, 그 빛나는 눈망울이 한 곳으로 집중됩니다. 전 이 사진이 너무 좋아요! 그대는 어떤가요?

순례지 같은 곳이겠죠. 자신들의 사랑하는 신들이 사는 곳에서 그들은 더없이 평온한 마음을 갖게 됩니다. 그리고 그런 마음이 얼굴 전체에 뿜어져 나옵니다.

사원 이곳저곳을 둘러보고, 호텔에 돌아와 뒹굴거렸어요.

혼자 여행을 하면 이런 점이 참 좋습니다. 힘들면, 누구의 눈치도 보지 않고 멈출 수 있는 여유 말이죠. 호텔에서 낮잠도 자고, 수영장에 가서 누워 있으니 시간이 벌써 이렇게나 지났어요.

낮에 미리 예매해 둔 공연을 관람해야 할 시간이 다가옵니다.

전통 공연을 한 번쯤 보고 싶었는데, 오전 일정을 함께한 한국분이 공연을 본다고 하셔서 저도 따라서 신청했습니다. 간단히 저녁 식사를 마치고 툭툭을 타고 호텔에서 공연장으로 향했습니다. '스마일쇼(Smile Show)'만을 위한 전용관이어서 무대 설치가 꽤 괜찮았습니다. 공연의 스토리도 있고, 볼거리도 풍부하고 한 번쯤은 추천해 드리고 싶은 공연이에요. 공연은 한 시간 30분 정도 진행돼요.

그대여, 제가 잠깐 투정을 부려도 될까요?

마지막 무대가 끝나갈 무렵, 한 무리의 한국인 관광객들이 우르르 나가는 것을 봤어요. 공연장과 관객의 사이가 그리 멀지도 않은데…. 영화도 아니고, 라이브로 앞에서 공연하는 사람들이 있는데, 어떻게 그렇게 나갈 수가 있죠?

단체 관광객을 인솔하시는 분이 끝나면 붐비니 어느 포인트에서 먼저 나오라고 미리 언질을 준 것 같았어요.

문화를 즐기는 것은, 돈을 지불해야 즐길 수 있는 것이 아니고 매너를 지킨 다음에야 비로소 '문화'를 즐길 수 있다고 생각해요.

이런 걸 보면 아직 우리는 문화를 즐기기에는 부족한 점이 많다는 생각을 해봅니다. 이 글을 읽는 당신은 제 이야기에 공감하시나요?

공연이 끝나고 공연에서 가장 인상 깊었던 학춤을 추었던 무용수에게 다가가 사진을 요청했습니다. 학이 모이를 쪼는 모습을 어찌나 생동감 넘치게 표현하시는지…. 더 크고 더 화려한 퍼포먼스가 많았지만, 저는 '학 아저씨'가 제일 좋았어요!

공연이 끝나고, 집으로 향하는 툭툭에서 함께한 한국분께 감사 인사를 드렸습니다. 뜻밖의 장소에서 뜻밖의 사람을 만나 짧은 시간 동행해, 더 큰 기쁨을 느꼈다고요….

이렇게 오늘 하루도 마무리가 되었네요.

그대여, 이러다가 전 캄보디아와 사랑에 빠질 것만 같아요.

글을 읽는 그대에게도 저의 설렘이 전해지길….

루마니아 *Romania*

동유럽에서 스노보드 타기

안녕, 오랜만에 편지를 보냅니다. 잘 지내셨나요?

오랜만이라는 이야기는 그동안 많은 일이 있었고 그래서 하고 싶은 말도 전하고 싶은 소식도 많다는 뜻이라 생각해 주세요.

이야기를 시작해 볼까요?

2월에 5일 동안 휴가를 다녀왔어요. 동유럽으로….

'동유럽에서 스노보드 타기'라는 계획은 실은 작년부터 제 버킷 리스트 목록에 있었던 거죠. 그렇지만 용기가 부족했던 탓에 미루고 미루다 올해에 큰 결심을 하고 결국 가게 되었어요.

동유럽 중에서도 '루마니아'라는 나라. 한국에서는 생소한 나라이지만 카타르 항공 승무원에게는 친숙한 이름이에요. 왜냐하면 여기에 일하는 많은 승무원들이 이곳 출신이거든요. 루마니아 중에서도 제가 선택한 스키장은 '시나이아'라는 작은 마을에 있는 스키 리조트입니다. 시나이아를 선택하게 된 이유는 간단합니다. 가기 편리해서지요. 카타르에서 '부쿠레슈티'라는 루마니아 수도까지 직항으로 가고 그곳에서 기차로 1시간 30분 만에 도착하는 작은 마을이랍니다.

여행 첫날의 목표는 항상 정확하고 간단합니다. 숙소에 안전하게 도착하기!

이 미션을 수행하기 위해서 저는 일단 부쿠레슈티 공항에서 시내에 가는 버스를 탔습니다. 국제공항에서 기차역에 바로 가는 버스(780번)가 있어서 어렵지 않게 기차역으로 갔어요. 이곳저곳 많이 다니다 보니 이젠, 이런 미션 정도는 식은 죽 먹기입니다. 버스에 앉아 시내를 구경하니, 예전에 다녀온 소피아(불가리아)의 모습이 오버랩되더군요. 불가리아는 루마니아의 바로 옆 나라입니다.

기차역에서 시나이아까지 가는 표를 샀습니다. 가격은 41레이(lei: 루마니아 화폐 단위. 우리나라 돈으로 11,000원 정도). 기차 안에 들어가서 자리를 잡고 앉으니, 사람들이 분주하게 움직입니다. 신문&잡지를 파는 아저씨들이 계속 들락날락하고 왠지 소매치기도 있을 것 같아서 눈을 부릅뜨고 가방을 주시하고 있었죠. 다행히 기차가 떠날 시간이 되자 평화로워졌어요.

아침 일찍부터 비행기 타고, 버스 타고, 기차까지 타니 피곤했는지 기차 안에서 숙면을…. 밖이 어떤 풍경이었는지는 돌아오는 날에나 구경을 할 수 있었답니다.

중간에 표 검사하는 아줌마가 깨워서 다행히 내려야 할 역을 안 놓쳤어요.

휴, 드디어 시나이아 도착이다!

처음에 기차역에서 나와 밖을 보는데, 탄성이 절로나오더라고요. '드디어 왔구나!'라는 감탄과 함께 아름답고 아기자기한 마을에 반해 버렸어요. 제가 예약한 숙소는 '펠릭스(Felix)'라는 곳인데, 호텔까지는 아니고 호스텔이라고 해야 할까요? 집을 개조해 만든 것 같은 3층짜리 집에서 4일 밤을 보냈습니다. 마지막 날에는 집주인 아저씨랑 같이 저녁 식사를 할 기회가 있었는데, 그 이야기는 다음에 하기로 할게요.

짐을 풀고, 이불에 들어가 몸을 녹이니 잠이 스르르….

다음 날 아침 일찍 일어나, 챙겨간 보드복을 입고 고글도 준비하고 영차영차 스키장으로 갔습니다. 해발 2,000피트까지 케이블카를 타고 올라가서 즐기는 스키라니…. 실감이 되시나요? 가도 가도 끝이 없는 케이블카를 두 번이나 갈아타고 올라가야 하는 그 높이를 말입니다. 산 정상에 오르니 보이는 건 새하얀 눈뿐이에요. 이곳이 마치… 뭐랄까, 지상 낙원이라고나 할까?

산 정상에 있는 레스토랑의 모습입니다. 이건 뭐… 엄청납니다. 그대가 보기에도 엄청나죠?

그 레스토랑에서 먹는 음식 맛은 또 기가 막힙니다. 돼지고기 수프를 시켰는데, 족발? 탕? 뭐라고 해야 할까? 엄청나게 맛있었어요! 글을 쓰면서도 군침이 도는군요.

맛있는 밥도 먹었으니, 본격적으로 보드를 타야겠죠?

여기서 잠깐! '이렇게 동유럽까지 가서 보드를 타는 거 보니 엄청 잘 타나 보지?'라고 예상했겠지만, 하하, 전혀! 말하기도 쑥스러울 만큼 완전 초보입니다. 정말 큰 S를 그리며 탈 수 있는 정도, 어느 정도 실력인지 짐작이 가시죠? 그래도 항상 '보드 잘 타는 사람'이 되고 싶은 열망이 있어요. 이곳은 정말이지 사람이 없습니다. 제가 넘어져도 중간에 멈춰도 뭐라고 하는 사람이 아무도 없으니 연습생에게는 최적의 장소인 셈이죠.

내려오면서 엉덩방아 찧으며 좌절하고 또 좌절하고 나서 마시는 커피 한 잔이 위로가 되어 주었어요. 왜 나는 저기 내려오는 사람들처럼 쑥쑥 내려오지 못하는 걸까, 라는 생각을 계속하면서 날렵하지 않은 몸뚱이를 한탄하며….

다시 으쌰으쌰! 할 수 있다! 그렇게 몇 번의 산을 내려오고 나서 '오늘은 그만!'을 외쳤습니다.

따뜻한 코코아 한 잔 마시고 앉아 있으니, 오길 참 잘했다! 나 자신이 기특해지더라고요.

"역시 뭐든지 하고 싶으면 해야 해! 가고 싶으면 가야 하고 말이야. GO!"

리프트 주위도 제가 간 며칠 동안 쭉 한산했습니다. 한국 같으면 줄이 한 10m는 서 있었을 텐데 말이죠. 케이블카를 타고 내려오는데, 시나이아 마을이 한눈에 보입니다. 나무 사이에 둘러 쌓여있는 아름다운 모습. 조용한 곳에서 차갑고 맑은 공기를 들이켜고 있으니, 이것이 바로 힐링이구나 하는 생각이 들어요.

사진을 보세요! 저는 진짜 여기가 파라다이스인 줄 알았다니깐요. 누가 상상이나 했겠습니까? 이런 아름다운 소파가 있는 산 정상의 바 모습을 말이죠.

여기 오기 전에, 설날이니 한국에 가야 하나 백 번 고민하다가, 결국 발길 이끌리는 데로 이곳에 오게 되었습니다. 여기 오길 잘한 거 같아요. 부모님한텐 좀 미안하긴 하지만, 새로운 곳을 보고, 조금이지만 보드 실력도 향상된 것 같고요.

무엇보다도 한국에서라면 하루가 바쁘다고 이 사람 저 사람 만나며 정작 제 몸은 쉬질 못했을 테니….

본격적인 루마니아 이야기는 다음 편지에서 이어 나겠습니다.

동유럽이라는 곳을 그저 조금 못사는 나라(?) 정도로 생각했다면, 제가 느낀 나라에 대해 좀 더 자세한 이야기를 들려 드릴게요.

루마니아에서 보내는 두 번째 편지

이틀 동안 스키장에서 이리 넘어지고 저리 넘어지고 나니, 몸이 쑤셔 더 이상은 못 타겠더라고요.

삼 일째는 시나이에서의 마지막 날이기도 하니, 마을 근처를 구경하기로 하였습니다.

그중에서도 가장 기대했던 곳이 바로, 펠레슈 성. 왕가의 여름 별장으로 사용되었다고 하는데, 아뿔싸! 왜 하필 제가 간 화요일이 문을 닫는 날인 것인지…. 월, 화요일이 휴관일이라지 뭡니까! 아쉽지만, 겉모습만 보고 돌아올 수밖에 없었어요. 나무로 지어진 성인데도 관리가 잘되어있더라고요. 동화 속 공주님이 창문 너머에 있을 것 같은 상상을 불러일으키는 곳입니다.

겉모습만 보고 온 거라 많이 해줄 이야기가 없네요…. 그래도 잠깐 사담을 붙이자면, 제가 느낀 루마니아 사람들의 특성(?)이라고 해야 할까요? 다들 뭐랄까…. 딱 본인 일(본인에게 직접적으로 이익이 되는 일)이 아니면 나몰라라 하는 식입니다.

선조에게서 내려온 관광 상품이 있으면 더 활발하게 홍보를 해서 외부 사람들을 끌어모을 법도 한데, 그럼 결국은 관광 수입으로 마을 자체가 발전할 텐데 말이죠. 이런 생각들을 안 한다고 하더라고요. 나라가 발전을 하지 못하는 데에는 국민성을 무시할 수 없는 것 같아요. 그런 면에서 보면 한국의 국민성은 단연 으뜸이라 할 수 있죠!

추위에 얼어붙은 몸을 녹일 겸, 카페에 들어왔어요. 작은 카페에 할아버지부터 젊은 친구들까지 한가롭게 오후를 즐기는 모습이 보기 좋더군요.

그런데 여기서 더 신기한 점은…. 다… 진짜 다 담배를 핍니다! 이

이곳에서 처음 맛본 '사르말레(Sarmale)'라는 돼지고기 간 거를 주물럭처럼 만들고 삶은 양배추를 감싸서 양념에 한 번 더 끓여낸 음식입니다. 보통 폴렌타(polenta)와 함께 나오는데, 양념이 약간 짭짤하기도 하고 맵기도 한 것이 한국인 입맛에도 좋습니다. 현지인에게 물어보니 대부분이 이 음식을 추천해 주더군요. 대표적 루마니아 음식이라고 할 수 있습니다.

'미시(MICI)'라는 구운 소시지는 고기를 갈아서 소시지 형태로 만든 것 같아요. 마지막에는 기름에 튀겨서 감자튀김이랑 함께 나오는데, 맛있습니다. 그래도 뭐랄까…. 진짜 전통 음식이 아닌, 약간 퓨전의 분위기가 느껴집니다.

야채 수프와 구운 돼지고기 요리입니다. 산 정상에서 맛본 이 야채 수프는 아직도 잊을 수가 없습니다. 다른 곳에서라면 물컹한 돼지고기 기름 부분은 안 먹었겠지만, 그것까지도 달콤하니 맛나게 느껴진 걸 보면, 루마니아 요리가 제 입맛에 딱 맞았던 거 같아요.

마지막으로 '불즈(Bulz)'라는 음식. 이 음식은 마지막 날 호스텔 주인아저씨랑 저녁 식사할 때 추천받은 로컬 음식입니다. 폴렌타 사이에 베이컨과 치즈가 듬뿍 들어가 있고 마지막으로 위에는 반숙 달걀까지 올라가서 느끼한 음식을 좋아하는 제 취향에 적중했어요. 뭐 말하는 모든 음식이 제 입맛에 맞았다고 반복적으로 말하고 있네요.

곳 사람들은 여자, 남자, 나이 불문하고 담배를 피워서 어느 가게를 들어가도 담배 연기가 자욱합니다. 호스텔 주인아저씨한테 물어보니, 루마니아 물가치고는 담배가 꽤 비싼 편이라고 하는데도 어쩜 이렇게 다…. 옛날 옛날에는 한국도 그랬겠죠?

근처에 있는 작은 성당을 마무리로 딱히 볼 것이 많이 없었던 마을의 관광을 마쳤습니다. 오전 내내 뭔가 바빴던 거 같긴 한데, 정작 본 건 많이 없는 것 같아요.

그래도 루마니아 여행에서 얻은 뜻밖의 행복을 꼽으라면 바로 음식입니다. 이곳에도 돼지고기를 이용한 음식이 대부분이더라고요.

저는 입이 까다로운 편이 아니라 판단은 알아서 하시길….

여행의 마지막 날입니다. 여행의 첫날과 마찬가지로 마지막 날의 미션은 '무사히 도하에 돌아가기!'

그래도 아쉬우니 그 전에 한 일이 있습니다. 루마니아의 수도 부쿠레슈티를 둘러보고 돌아가는 것이죠. 아침 일찍부터 시나이아를 빠져나와 기차를 타고 부쿠레슈티에 도착했습니다. 원래는 'Free walking tour'라고 공짜로 해 주는 일일 투어가 있어서 그 시간에 맞추려고 서둘러 나왔는데, 택시를 타고 만남 장소로 가는 길이 막히는 바람에, 약속 장소에 15분 정도 늦게 도착했어요. 뭐, 사람들은 이미 사라진 후였죠.

어쩔 수 없이 혼자서 이곳저곳 구경을 하는데, 도시 자체가 좋게 말하면 클래식하다고 할까요? 루마니아는 공산주의 국가에서 1990년대에 민주화가 되면서 아직은 자리를 덜 잡은 느낌이었습니다. 점심을 간단히 먹고 루마니아 의회궁(palace of the parliament) 투어를 했어요. 한 시간짜리 투어이고 간단하게 의회궁의 역사와 실내 모습에 대한 설명을 영어로 들을 수 있었습니다.

세계에서 두 번째로 큰 국회 건물이라고 하는데, 안은 또 얼마나 화려한지 탄성이 절로 나오더군요. 생각해 보세요, 이 건물 지을 때, 그 돈이 누구에게서 나왔겠어요. 참, 왜 권력자들은 국민의 돈을 봉으로 아는 걸까요? 국민이 자기 한 사람만을 위해 존재한다고 믿는 걸까요? 화려함에 씁쓸한 역사가 느껴져 많은 생각을 하게 되었습니다.

여행 이야기를 마무리하며….

루마니아 여행은 저에게 100% 만족스럽고 사랑스럽고 아름다운 여행만은 아니었습니다. 몇몇 가지 상황을 경험하며, 분노에 이를 갈기도 했는데, 지나고 나니 그 또한 다 여행의 에피소드 중 하나일 뿐인 게 되었지요. 개인적으로 루마니아를 여행하며 느꼈던 소감을 간단하게 공유한다면….

일단 칭찬에 대한 이야기

- 아름다운 광경과 날씨
- 맑은 공기
- 편하게 쉴 수 있는 곳
- 음식
- 저렴한 물가

아름다운 나라임은 부인할 수 없는 사실입니다. 더군다나 유럽의 작은 마을을 볼 기회가 적은 우리에게는 그 모습이 더 근사하게 느껴지죠.

저 또한 처음 마음에 도착하는 순간, 입이 귀에 걸릴 만큼 환한 미소를 지었습니다. 그리고 산에 둘러싸여 있으니 공기 또한 최고였습니다. 거기에 영상 2~3도 정도 되는 겨울 날씨의 상쾌함은 이로 말할 수 없게 좋았어요.

혼자 여행할 때의 최대 장점이라고 할 수 있는 시간 관리…. 저는 이 여행은 휴식을 하러 온 것이기 때문에 제대로 쉴 수 있었어요. 주위에 볼 게 없는 것도 하나의 좋은 핑계거리가 되었지요….

음식은 위에서도 언급했듯 최고! 두말하면 잔소리! 마지막으로 가격…. 놀라울 정도로 저렴(?)하지는 않지만, 분명 다른 '유럽 국가'에 비해서는 저렴한 편이었습니다. 예를 들자면 4일 동안 묵은 방값이 우리나라 돈으로 12만 원 정도였어요. 말도 안 되는 가격이지요.

제가 여행하며 묵은 숙소 중에 가장 저렴했던 곳인데, 그렇다고 가장 안 좋았던 곳은 아닙니다. 개인 방에 샤워실도 있고 뜨거운 물도 펑펑 나오고 킹사이즈 침대가 있으니, 대만족!

이렇게 좋은 곳에서 느낀 불평이 궁금하시죠?

문제는 '사람'이었습니다. 어감이 좀 이상하긴 하지만, 이해해 주세요. 혹시 예전에 제가 보냈던 캄보디아 여행기를 기억하신다면, 저의 이야기를 조금 더 공감할 수 있을 거라 생각합니다.

캄보디아는 현지에서 만나는 사람들의 미소가 여행을 더 따뜻하게 만들어 주었었죠.

특히 혼자 여행을 하면, 우연히 만나는 사람에게서 그 도시에 대한 인상을 결정짓는 영향을 많이 받습니다. 처음 이곳에 왔을 때 느껴지는 차가운 사람들의 인상이 의아했었어요. 추운 나라여서 그런지, 아니면 경제적으로 여유가 없는 나라여서 그런지, 치안이 불안해서 그런지 그것도 아니면 뭔가 내가 모르는 이유가 있는 것인지 말입니다.

그래도 뭐 그런가 보다 했습니다.

첫날 스키장에 올라갔을 때, 아무것도 모르는 저는 티켓을 파는 사람들에게서 정보를 얻으려고 했습니다. '혹시… 이거 알아요? 저건 뭐예요?'라고 물어보면 'NO!'라고 대답하는 대부분의 사람. 딱 자기 부스에서 일어나는 일이 아니면 그 어떤 것도 도우려 하지 않는 사람들의 모습에 적대감마저 들었지요.

'몰랐겠지.'라는 말은 말아 주세요. 표를 파는 것 이외에 이 표를 어디서 쓸 수 있는지 물어보는 것조차 'I Don't know.'라는 대답을 했으니 말입니다.

제가 느낀 사람들은 그저 '말 시키지 마.'라는 얼굴 표정. 결국 첫날에는 같은 표를 두 장이나 샀어요. 물론 돈도 두 배를 썼지요. 그래도 뭐 다 지난 일이니…. It's okay la.

둘째 날에는 첫날의 기억을 되새기며 이리저리 머리를 굴렸습니다. 표를 살 때 몇 시까지 쓸 수 있냐고 물어보니 오후 5시까지 쓸 수 있다고 합니다.

'그래! 5시까지면 이렇게 저렇게 활용하면 되겠다.'라고 계획을 세웠는데, 4시가 되니 끝났다고 돌아가랍니다. 이건 뭐지?

나	"밑에서 표 살 때 5시까지라고 했어요."
아저씨	"No. Finish. Go!"

이 말만 계속 반복하는 아저씨.

너무 당황해서 터벅터벅 케이블카로 향했습니다. 그곳에 여행객들이 몇 명 있길래, 그 여행객한테 하소연을 했어요.

여행객	"하하, 난, 네가 무슨 상황인지 이해해. 그런데 여기선 5시가 4시란 뜻이야."
나	"네? 아니, 5시까지가 4시까지라니 무슨 말이에요? 모든 시간을 한 시간씩 앞당겨 말한다는 뜻인가요?"
여행객	"아니, 그냥. 네가 왜 화가 났는지 알겠는데, 여긴 루마니아니까 네가 이해해."

나 "아, 네…(뭐지)."

뭘 이해하라는 건지 모르겠지만, 적어도 대답을 해준 사람에게 고맙다는 이야기를 하고 집으로 돌아왔습니다.

이런 작은 일들이 반복되니, 사람들과 말하기도 싫고 얼굴을 쳐다보기도 싫었습니다. 당신들이 저에게 친절하지 않다면, 저 또한 당신들과 이야기할 이유가 없습니다! 제 마음을 닫아 버렸죠. 그래도 사람에게 얻은 상처는 사람에게 풀리나 봐요. 원래 계획은 마지막 날에 카우치 서핑에서 알게 된 여자와 저녁을 할 계획이었어요.

시나이아 옆에 있는 동네에서 스키 강사로 일하고 있다는 여자와의 만남만 기대하며 종일 설레였습니다. 그런데 저녁 시간이 다 되어도 연락이 없는 거예요.

혹시나 하는 마음이 역시나로 변하며, 제가 이곳 사람들에게 무엇을 기대했던 걸까 자책했습니다. 이 이야기를 호스텔 주인아저씨께 이야기하니 아저씨가 그 여자에게 전화를 걸어 상황을 듣고는 저에게 설명해 주었습니다.

지갑을 잃어버렸고, 산에서 내려올 방법이 없다고…. 자초지종을 듣고 나서야 맞아! 그럴 수 있지, 어쨌든 처음으로 손을 내밀어 준 사람이었으니 마음이라도 고맙다고 생각했습니다.

이런 상황을 지켜보던 아저씨가 친구가 되어 주겠대요. 결국 아저씨와 함께 식사를 하게 되었습니다.아저씨에게서 루마니아에 대해 이런저런 이야기를 들을 수 있었어요.

루마니아라는 나라

- 한 달에 평균 월급이 200유로가 안 되는 나라.

(우리나라 돈으로 30만 원이 안 되는 돈이 보통 직장인들의 월급이래요. 이건 동남아보다도 더 안 좋은 처우 같은데 말이죠)

- 아직 공산국가에서 민주주의 국가가 된 지 30년밖에 되지 않은 나라.
- 유럽 연합에 가입한 지 10년도 채 되지 않은 나라.
- 상대적 가난함에 허덕이는 나라.
- 불만을 노력으로 바꿀 의지가 없는 나라.

(아저씨에게 들은 이야기를 써 놓은 것이니, 오해 없으시길…)

이런 여러 가지 이유가 마음 아프고, 비관적으로 보이지만, 그래도 어쩔 수 없는 루마니아의 현실이라고합니다.

"그런 나라의 사람이니, 네가 이해해."

맞아요! 여행을 하다 보면 다양함을 보게 되죠. 다양함이라 함은 분명 안 좋은 부분들까지 포함하는 걸 머리로는 알지만, 마음으로 깨닫지 못하고 있었던 거 같아요.

처음에 여행이라고 하면 현실에서 벗어난 장밋빛 무지개 모습을 상상했지만, 다름을 보고 더 많이 알게 되는 것 또한 여행을 통해 얻게 되는 수확이니, 이번 여행을 통해 많은 공부를 한 것 같습니다.

letter from Doha

이야기를 마치며

길고 길었던 나의 이야기가 이렇게 끝이 났다.

옛날 옛적 호랑이 담배 피우던 시절, 나는 '안녕, 형아'라는 영화의 의상팀 막내로 일했던 적이 있다. 학창 시절 전공이 섬유디자인이었지만 영화 의상과는 엄밀히 말해 1%의 연관성도 없었다. 영화 의상팀이 무슨 일을 하는지에 대한 정확한 정보도 없었다. 그렇지만 어떤 우연(운명)에 의해 나에게 그 일자리가 주어졌다. 그리고 평생 잊을 수 없는 경험이 대가로 지불되었다.

처음 일을 시작하면서 나는 시나리오라는 것을 처음 받아 보았다. 영화를 글로 먼저 접한 충격적인 경험. 세 달 남짓을 영화 촬영장에서 '배우들에게 옷을 입혀 주는 일'을 하며 영화가 촬영되는 모든 순간을 함께했다. 촬영이 종료된 후에는 CG 작업이 시작되기 전 시사회를 하는 자리에 초대되어 완성되지 않은 영화를 보았다. 그리고 마지막으로 영화가 완성되었을 때, 영화사로부터 DVD를 배송받게 되었다. 이것이 나의 짧았던 영화인으로서의 추억이다.

예전부터 영화에 대한 남다른 사랑이 있었던 것은 아니었지만, 내가 막연히 상상했던 '영화 의상'이라는 직업은 한 장면, 한 컷을 위해 배우들의 캐릭터에 맞는 옷을 설정하고, 만들고, 입히고 하는…. 치열한 영화판에서 '영화의 완성'을 위해 일조하는 보람 있는 일이라고 생각했었다. 물론 대부분은 나의 예상과 적중했다. 다만, 그 영화에서 나는 어시스트였기 때문에 옷을 설정하는 부분에 전혀 개입할 수 없었고, 영화가 현대물이었기 때문에 의상 브랜드 회사로부터 협찬을 받고, 반납하는 것이 나의 일에 상당한 부분을 차지하였다는 것이 달랐을 뿐. 지금 생각하면 영화보다는 무대(연극, 뮤지컬)의상 쪽이 내가 원했던 일에 더 가까웠다는 나름의 결론을 내렸다.

그런데도 나에게 영화 의상팀으로서의 이력이 큰 의미가 있는 것은 나의 공로가 영화가 완성되는 것에 얼마만큼의 비중이 있든지 간에 나에게 그 영화는 단순히 주인공 혹은 감독의 영화가 아닌, 나의 작품으로 느껴진다는 것이다. 내가 그 영화가 만들어질 동안 그곳에서 함께했다는 사실이 의미하는 바가 생각보다 크고 거대했다. 그래서 그 느낌을 한 번 맛본 영화 스태프들이 덫(?)에 빠져 열악한 환경임에도 계속 그 자리에 머무는 것일지 모르는 일이다.

처음 승무원이라는 직업에 꿈을 키워 오며 동시에 나는 내가 겪게 될 승무원의 이야기를 책으로 담기를 꿈꿔 왔다. 그리고 먼 길을 돌아 돌아 마침내 나는 승무원이 되었다. 블로그에 처음 글을 쓰면서 '언제 이 한 장짜리 글이 모여 한 권의 책이 될까?'에 대해 의심한 적이 수없이 많다. 비행 때마다 이야깃거리를 찾기 위해 남들보다 더 이곳저곳을 기웃거렸다고 해도 과언이 아닐 만큼, 나는 열심히 노력했다. 그러다 지칠 때면 왜 내가 사서 이런 고생을 하나 스스로에게 되물었다. 매 비행이 끝나고 100장이 넘는 사진을 정리하고, 보정하고, 그리고 이야기를 쓰기 시작하면 퇴고하고 마무리까지 모니터 앞에서 4~5시간은 기본이다.

이대로 다 포기하고 싶다가도 내가 이루어낸 삶을 천천히 생각하며 기운을 냈다. 경험 하나하나를 쌓으며 그 끝이 어딜지 가늠조차 하지 못했다. 그러나 시간이 흐르고 뒤돌아보니 현재 내 위치가 그 중간쯤의 결과물임을 느낀다.

4년이란 시간.

대학교 과정을 생각해 보면 4년이란 시간이 결코 눈 깜짝할 사이 지나가 버리는 시간이라 쉽게 말하지 못할 것이다. 마치 대학의 마지막 학기 졸업 작품을 내듯, 나의 4년간의 승무원 생활을 한 권의 책으로 정리해 본다. 카타르 항공 승무원이 만 명이 넘는다고 한다. 그 중에 한국인은 천 명이 조금 안 된다. 그 많은 사람들 중 나는 단지 하나의 구성원이지만, 예전 영화를 나의 작품으로 느꼈듯 항공사에서 경험한 이 모든 이야기는 나만의 것이다. 이 순간 나는 항공사에 없어서는 안 될 주인공이 된다.

나의 이야기이지만 동료의 이야기이고, 누군가에게는 꿈의 이야기이다. 또 누군가에게는 추억의 이야기이기도 하겠지. 책을 읽으며 좋았던, 슬펐던, 화났던 모든 내용이 다 행복했던 글로 기억되길 바란다.

내가 모든 기억을 추억이라는 이름으로 미화시키듯….

'Make happiness a habit and god bless you.'